词经典

唐宋卷

宋代

主编 陈祖美

编著 王国钦

河南文艺出版社
·郑州·

图书在版编目(CIP)数据

宋代合集/王国钦编著. —郑州:河南文艺出版社,2018.11

(中华经典好诗词/陈祖美主编)

ISBN 978-7-5559-0709-1

Ⅰ.①宋… Ⅱ.①王… Ⅲ.①宋诗-诗集 Ⅳ.①I222.744.1

中国版本图书馆 CIP 数据核字(2018)第 134220 号

出版发行 河南文艺出版社
本社地址 郑州市鑫苑路 18 号 11 栋
邮政编码 450011
售书热线 0371-65379196
承印单位 河南瑞之光印刷股份有限公司
经销单位 新华书店
纸张规格 890 毫米×1240 毫米 1/32
印　　张 5.5
字　　数 124 000
版　　次 2018 年 11 月第 1 版
印　　次 2018 年 11 月第 1 次印刷
定　　价 29.00 元

导言

陈祖美

　　"中华经典好诗词"丛书是从浩如烟海的中华优秀诗词中几经精简、优中选优的一套经典诗词丛书。全套丛书共分先唐、唐宋、元明清三卷。其中唐宋卷唐代部分包括大小李杜,即李白、杜甫、李商隐、杜牧四位大家的作品专集,以及唐代其他名家的诗词精品,即《唐代合集》;宋代部分包括柳永、苏轼、陆游、辛弃疾四位大家的作品专集,以及宋代其他名家的诗词精品,即《宋代合集》。唐宋卷合计共十种。

　　综观本卷的十个卷本,各有别致之处和亮点所在。

　　李白和杜甫本是唐代名家中的领军人物,读过李、杜二卷更可进一步领略李、杜之别不在于孰优孰劣,而主要在于二人的性情禀赋、所处环境、生平际遇,以及所运用的浪漫主义和现实主义创作方法的不同。从林如海所编的《李白集》中,我们可以体会到诗仙作品那"笔落惊风雨,诗成泣鬼神"的艺术魅力。宋红编审在编撰《杜甫集》时,纠正了新旧注释中的不少错误,再三斟酌杜甫的全部诗作,为我们提供了不曾为历代选家所关注的一些新篇目,使我们对杜甫有了更深层次的认识。

　　在李白、杜甫身后一个多世纪的晚唐时代,再度出现了李商隐、杜牧光耀文坛的盛事。

　　平心而论,在唐宋卷的十种中,《李商隐集》的编撰怕是遇上较多难题的一种。感谢黄世中教授,他凭借对李商隐研究的深厚功底,不惮辛劳,从李商隐现存的约六百首诗作中遴选出八大类佳作,为我们消除与李商隐的隔膜开辟了一条捷径。

　　杜牧比李商隐的幸运之处,在于他尽管受到时相李德裕的多方排挤,却得到了同等高官牛僧孺的极力呵护和器重。再说杜牧最后官至中书舍人,职位也够高了。从总体上看,杜牧的一生风流倜傥,不乏令人艳羡之处,他的相当一部分诗歌读来仿佛是在扬州"九里三十步的长街"上徜徉。对于胡可先教授所编的《杜牧集》,您不妨在每年的春天拿来读一读,体验一下"腰缠万贯,骑鹤下扬州"的美好憧憬。

　　《唐代合集》所面临的主要难题是版面有限而名家、好诗众多。为了在有限的版面中少一点遗珠之憾,编者陈祖美主要采取了以下三种缓解之策:一是对多家必选的长诗,如《春江花月夜》《长恨歌》《琵琶行》等忍痛割爱;二是著名和常见选本已选作品,尽量避免重复,这里不再选用;三是精简点评字数。

　　唐宋卷中《柳永集》的编撰难度同样很大,其难点正如陶然教授所说:在柳永的生平仕履中谜团过多、褒贬不一。所幸,陶然教授继承和发扬了其业师吴熊和教授关于柳永研究的种种专长和各项成果,创造性地运用到本书的编撰之中,从而玉成了这一雅俗共赏的好读本。

　　仅就本丛书所限定的诗词而言,苏轼有异于以词名世的柳永和辛弃疾,洵为首屈一指的"跨界诗词王"！那么,面对这位拥有两千多首诗、三百多首词的双料王牌,本书的编撰者陶文鹏教授运用了何种神机妙策,让读者得以便捷地领略到苏轼其人其作的精髓所在呢？答曰:科学分类,妙笔点睛。不仅如此,本集在题材类编同时,还按照五绝、七绝、五律、七律、词、古风等不同体裁加以排列。编撰者将辛劳留给自己,将方便奉献给读者。

高利华教授所编撰的《陆游集》,则是对陆游"六十年间万首诗"的精心提取。正是这种概括和提取,为我们走近陆游打开了方便之门。编者将名目繁多的《剑南诗稿》(包括一百三十多首《放翁词》)中优中选优的上上佳作分为九大类。我们从前几个类别中充分领略了陆游的从军之乐和爱国情怀,而编者所着力推举的沈园诗则是陆游对宋诗中绝少的爱情篇章的另一种独特贡献。尤其值得一提的是,《陆游集》的更大亮点在于"家祭无忘告乃翁"这一类诗所体现的好家风。山阴陆氏的好家风,既包括始自唐代陆龟蒙诗书相传的"笠泽家风",更有殷切期望后人继承和发扬为国分忧、有所担当的牺牲精神。

邓红梅教授所编的《辛弃疾集》,将辛弃疾六百余首词中的佳作按题材分为主战爱国和政治感慨词等十一类,从而把人称"词中之龙"的辛弃疾,由人及词全面深刻地做了一番透视与解剖。这样,即使原先是"稼轩词"的陌路人,读了邓红梅的这一编著,沿着她所开辟的这十多条路径往前走,肯定会离辛弃疾越来越近,并从中获得自己所渴望的高品位的精神享受。

唐宋卷由《宋代合集》压轴,不失为一种造化,因为本集

4

的编撰者王国钦先生一贯擅出新招儿、绝招儿。他别出心裁地将本集的八个分类栏目之标题依次排列起来，巧妙地构成一首集句七言诗：

彩袖殷勤捧玉钟，为谁醉倒为谁醒？
好山好水看不足，留取丹心照汗青。
流水落花春去也，断续寒砧断续风。
目尽青天怀今古，绿杨烟外晓寒轻。

读了这首诗想必读者不难看出，这八句诗分别出自宋代或由唐入宋的诗词名家之手。这些佳句呈散沙状态时，犹如被深埋的夜明珠难以发光。国钦先生以其披沙拣金之辛劳和出人意料的奇思妙想，将其连缀成为一首好诗。它不仅概括了本集的主要内容，也无形中大大增添了读者的兴趣。

接连手术后未及痊愈，丁酉暮春
勉力写于北京学院路寓所
2017 年 12 月

目　录

韵里风光·好山好水看不足

精忠报国·留取丹心照汗青

情怨深闺·断续寒砧断续风

酬唱揖别·目尽青天怀今古

风物歌吟·绿杨烟外晓寒轻

两情相悦

彩袖殷勤捧玉盅

一斛珠

李　煜

晓妆初过,沉檀轻注些儿个①。向人微露丁香颗②。一曲清歌,暂引樱桃破③。　　罗袖裛残殷色可④,杯深旋被香醪涴⑤。绣床无凭娇无那⑥。烂嚼红茸,笑向檀郎唾⑦。

[注释]

①沉檀:五代时闺中妇女常用的一种妆色。浅紫者曰"檀",色深而润泽者曰"沉"。

②丁香颗:这里用作妇女之舌的代称。

③樱桃破:犹言女人张开了樱桃般的小口。

④裛(yì):通"浥",沾湿。可:可人,犹言招人喜爱。

⑤涴(wò):玷污。

⑥无那:犹言娇态妩媚,柔若无骨。

⑦檀郎:古代妇女对自己所爱男子的昵称,犹今之所称美男子。

[点评]

这是一首十分本色的"艳词",许多论者对此颇有微词。

两情相悦·彩袖殷勤捧玉盅

但是,作为一位艺术上有成而政治上无能的李后主,我们还能怎样苛求他呢?客观来看,本词描写了一位歌女早上起来梳妆前后神情得意、引喉轻歌、罗袖污酒等细节,准确、细腻、生动、形象。尤其是煞拍"烂嚼红茸,笑向檀郎唾"两句,更是以主人公娇态万种、俏皮可人形象的成功塑造而引人称赞。"艳而不俗""两情无猜"——这样有着很高艺术价值的作品,怎么能够轻易为人忘记呢?

菩萨蛮

张 先

牡丹含露真珠颗,美人折向帘前过。含笑问檀郎①:花强妾貌强? 檀郎故相恼,却道花枝好。花若胜如奴,花还解语无②?

[注释]

①晋代美男子潘岳小名"檀奴",于是天下美男便随之有了"檀郎"的雅称;一些女子也将自己的夫婿或所倾慕的男子称为"檀郎"。
②此两句又作"一向发娇嗔,碎挼花打人"。

[点评]

本词以花为线索,运用对话的形式,非常活泼地描写了两个青年恋人调情逗趣的生动细节。全词一问一答，俏皮逼真，语言通俗流畅，十分接近"敦煌曲子词"和《花间词》的情调特色，但是又比《花间词》格调稍显脱俗高雅了一些。

南歌子

欧阳修

凤髻金泥带，龙纹玉掌梳。去来窗下笑相扶。爱道画眉深浅入时无？　　弄笔偎人久，描花试手初。等闲妨了绣功夫。笑问双鸳鸯字怎生书？

[注释]

①这两句形容女主人公头上以金色丝带束着凤凰形状的发髻，玉掌之中拿着刻有龙纹的发梳。

[点评]

本词所写并非一般人家的新嫁娘，似乎应该是欧阳公本人的亲身体验。"金泥带"和"玉掌梳"，言其装束华丽，身份华贵；"弄笔久"和"试手初"，言其能通文墨，疏于女红；而"爱道""笑问"两处所引出的上下片结拍，不正说明这位新嫁娘确是一位娴熟于诗、聪明妩媚的"闺秀"吗？尤其对"画眉深浅"诗意的原句借用,切时切地切人,不唯浑然无痕,而且更增加了夫妻二人那亲密无间、格调不俗的情趣。在原来"词为艳科"的观念之下,本篇能够如此通而不俗、俗中见雅,应该是十分难得的!如果不是欧阳公的亲身经历,岂能写得如此细腻、生动?

西江月

司马光

宝髻松松挽就,铅华淡淡装成。青烟翠雾罩轻盈,飞絮游丝无定。　　相见争如不见,多情何似无情?笙歌散后酒初醒,深院月明人静。

[点评]

上片以"游丝无定"之景象衬写女主角"松松""淡淡"之装束,下片以"月明人静"之酒醒表现"多情""无情"之迷离。主人公"不见之时思念,相见之后更想"的心理活动,被"相见争如不见,多情何似无情"两句准确细腻地表现出来。

鹧鸪天

晏几道

彩袖殷勤捧玉盅^①，当年拼却醉颜红^②。舞低杨柳楼心月，歌尽桃花扇底风^③。　　从别后，忆相逢，几回魂梦与君同。今宵剩把银釭照^④，犹恐相逢是梦中。

[注释]

①"彩袖"在这里代指歌女，"玉盅"指精美酒杯。
②拼却：有"舍命陪君子"之意。
③"舞低"两句互文，言歌舞既使楼心之月低垂，又使扇底之风吹尽。既再现了当时场景之美妙，又表现了相悦时间之长久。
④银釭(gāng，又读 gōng)：华美的烛台。

[点评]

　　与佳人久别重逢，作者自然想起一段美好记忆。上片四句写尽当年双方的欢娱之情和当时的场景之妙，造语精巧，情景温馨，令人有"如痴如醉"之感；下片尽写别后的相思殷切和相见的意外惊喜，感情真挚，激动异常，给人以"疑真疑幻"之思。全词采用倒叙白描手法,人物没有一句对话,却达到了"此处无声胜有声"的艺术效果。古今论者,或说小晏邂逅歌伎,四处留情,拈花惹草;或说小晏不忘旧情,有着一个"高尚的灵魂",似乎皆有偏颇之嫌。实际上,"两情相悦"是古今不变的人之常情,也是欣赏此类文学作品时应有的基本标准。小晏在作品中已经塑造了一个成功的文学形象,再着意地对之进行臆测"褒""贬",显然都是不很恰当的。

木兰花

晏几道

秋千院落重帘暮。彩笔闲来题绣户。墙头丹杏雨余花,门外绿杨风后絮。　　朝云信断知何处?应作襄王春梦去①。紫骝认得旧游踪②,嘶过画桥东畔路。

[注释]

①典出宋玉《高唐赋》。后人便以"云雨春梦"代指男女欢爱。
②紫骝:指骏马。

[点评]

一段美丽的情爱故事,曾经发生在一个多情的"秋千院落"。本词上片描写作者旧地重游所看到的景象,用笔凄美迷离,用情缠绵有致。恍惚之间,"雨余花"和"风后絮"已将两人之思念情态和落寞情怀表现得令人心酸。下片以一个"云雨春梦"的典故,转写已经不知旧日情人今在何处,暂借"襄王之梦"去与她相见。那么到哪里去呢?不是"老马识途"吗?"紫骝认得旧游踪,嘶过画桥东畔路。"有了煞拍这两句精妙的点睛之笔,更使得全词尤为精彩飞扬,从而传唱千秋。

鹊桥仙

秦 观

　　纤云弄巧①,飞星传恨,银汉迢迢暗度②。金风玉露一相逢③,便胜却、人间无数。　　柔情似水,佳期如梦,忍顾鹊桥归路④。两情若是久长时,又岂在、朝朝暮暮?

[注释]

①"巧"在这里应有双关之意:一是明写纤云之精巧,二是暗指七夕乞巧之风俗。

②银汉:即银河。

③金风玉露:既代指秋季之秋风白露,也表现神话中的仙风

甘露。

④鹊桥:传说王母娘娘只在七夕命喜鹊飞填天河为桥,牛郎织女才能得以一年一会。

[点评]

在我国文学史上,牛郎织女的故事是一个反复描写、咏叹不尽的神话题材。而秦观的这首《鹊桥仙》,既是其自己作品中的一件妙品,也是唐宋诗词中的一首绝唱。他正是从这样一个家喻户晓的普通神话中,重新演绎了一段可歌可泣、千古传诵的爱情故事。

全词格调高雅,语言流丽,气韵贯通,情真意切。在对牛郎织女二人"爱"与"怨"的情感描述中,在上、下片里"逢也多情,别也多情"的特殊体验中,作者理智地开掘其辩证内涵,发前人所未发,不经意间将这个古老故事的思想境界,升华到一个前所未有的高度。从字面上看,本词似在客观地写神话,而实际上,全词却无处不在写人间。为什么无数读者倾心于秦观的这首词,不正是秦观通过对牛郎织女爱情的描写,写尽了人间的情爱生活吗?唐代诗人李商隐的"相见时难别亦难"(《无题》),曾经准确表现了爱情生活中的一种"两难"情结。而秦观在本词中所表现的,则属于另外一种更高、更新的境界:"相见亦情别亦情。"

少年游

感　旧

周邦彦

　　并刀如水①,吴盐胜雪②,纤指破新橙。锦幄初温③,兽香不断④,相对坐调笙。　　低声问:向谁行宿? 城上已三更。马滑霜浓,不如休去,直是少人行。

[注释]

①并刀:唐时并州以制造锋利的刀剪著称。
②吴盐:即吴地所产细腻洁白的煮盐,时人常用以中和橙酸。
③锦幄:即锦帐。
④兽香:指兽形香炉中袅袅升起的香烟。

[点评]

　　这是一首典型的情人相约之作。起拍以"并刀""吴盐"两种名贵的物品作道具,暗示出女主人公高贵的身份。而她亲自以其纤纤细手为客人剖切新橙,则又反衬出男主人公之来历不凡。以下从华丽的"锦幄"、温情的"兽香"和"相对坐调笙"等不动声色的描写中,更表现了双方情趣的一致、情调的高雅和情感的深沉。上片纯粹乃无声素描,场景人物宛

两情相悦·彩袖殷勤捧玉盅

然在目。而随着袅袅的"兽香"和"调笙"的和谐,则双方早已"心有灵犀一点通"了。过片以"低声问"三字,引出女方既是主人又是情人的问话:"时间很晚了,你准备到哪里休息?夜深人静,马滑霜浓,还是不要走了吧?"下片主要是对女主人公语言的描写,既委婉亲切、合情合理,又惟妙惟肖、体贴温情,令人顿生无限怜爱之意。

减字木兰花

李清照

卖花担上,买得一枝春欲放。泪染轻匀,犹带丹霞晓露痕。　　怕郎猜道,奴面不如花面好①。云鬓斜簪,徒要教郎比并看。

[注释]

①奴:古代妇女身份低下,常常以"妾""奴""奴家"自称。

[点评]

有人曾经这样说:"第一个将女人比喻为花的是天才,第二个将女人比喻为花的是庸才,第三个将女人比喻为花的是蠢才。"本词肯定不是第一次喻人为花,但是不能不承认李清照在作品中表现了她杰出的"天才"才能。

上片首先注重渲染一个"买得一枝春欲放"的情节,作者似乎要向读者讲述一个有关花的故事。但在下片,作者却来了一个出人意外:通过对一位女子心理和举动的生动描写,写出了她在爱情中的撒娇情态、对爱情生活的满足和她对爱情未来的憧憬。于是,一个已经"老掉牙"的情爱故事,便又有了别具特色的生机。本词语言通俗,形象生动,虚实相生,旧意翻新,表现了李清照早期词作多描写一些年轻女子的热烈情怀和大胆举动的典型特点。"春欲放"三字尤其精当,不唯表现了这枝鲜花的明艳和含苞欲放,而且暗示出买花人浓烈饱满的心情,可见词人艺术技巧之高。

浣溪沙

李清照

绣面芙蓉一笑开①。斜飞宝鸭衬香腮②。眼波才动被人猜。　　一面风情深有韵,半笺娇恨寄幽怀。月移花影约重来。

[注释]

①绣面芙蓉:比喻少女脸庞如带笑而开的芙蓉。
②宝鸭:一种鸭形簪发头饰。

[点评]

　　一位情窦初开的少女,在李清照笔下的形象是如何的风致多情呢? 请看:"绣面芙蓉"一笑而开,言其心关美事;"宝鸭"斜飞衬腮而香,言其衣着不俗;"眼波才动"即被人猜,言其天真无邪——上阕有动有静地描写了少女的言行与心理活动,生动活泼。下阕着重描写她正在进行的一个动作——"情深有韵"言其风致多情,"笺寄幽怀"言其心语付邮。而结拍则一语中的地揭开了其中的谜底:"月移花影约重来。"她原来又要准备与其情郎约会啊! 想来对于本词中的这位少女而言,另外一个"云破月来花弄影"的良宵,岂不又是一次激动人心的期盼吗?

长相思

康与之

　　南高峰,北高峰①。一片湖光烟雾中。春来愁杀侬②。　　郎意浓,妾意浓。油壁轻车郎马骢③。相逢九里松。

[注释]

①南北二峰和东西二涧,都是西湖的著名风景。

②侬:江浙方言称"我"为"侬",在这里还有"奴家"之意。

③油壁车:指当时用油彩漆布装饰的马车。轻车犹言轻快。古乐府诗云:"我乘油壁车,郎骑青骢马。"

[点评]

　　提起西湖,人们首先就会想到苏轼"水光潋滟晴方好,山色空蒙雨亦奇"的优美诗句。本词上片,将西湖的南北二峰作为特写镜头置于"一片湖光烟雾"的风景之中,可谓匠心独运。但是,面对如此秀丽的西湖风光,女主人公不仅没有心情进行玩赏,反以"春来愁杀侬"一句而"大煞风景",给读者留下一个无法理解的疑问:她到底有什么想不开的心事呢?下片才是本词的主题所在:原来,她现在坐着"油壁轻车",正要去与乘着"青骢骏马"的情郎相会呢!相会的地点就是美丽的"九里松"。而现在,她却没有见到情郎的影子,你说她能不愁、不急吗?词到这里戛然而止——自然,相逢后的愉悦则是无须赘言和可想而知的。

　　读完全词,我们不能不注意到:南北高峰笼罩在一片湖光烟雾之中,与郎情妾意牵系于轻车骏马之间,不是有着一种互为象征的隐喻之妙吗?《长相思》这种小令,因为其特殊的节奏性,本身就给人一种回环往复、轻快流畅的美感。加之本词通俗语言的巧妙运用,则更使之具有了民谣朗朗上口的艺术风韵。

肠断离愁

为谁醉倒为谁醒

虞美人

李 煜

春花秋月何时了？往事知多少。小楼昨夜又东风，故国不堪回首月明中。　　雕栏玉砌应犹在，只是朱颜改。问君能有几多愁，恰似一江春水向东流。

[点评]

作为亡国之君的李煜，也许在自己身陷囚笼、江山落入他人之手时，才真正理解到了"故国"的含义。于是，这首著名的《虞美人》便因此而流传千古了。

本词不仅在思想上描写了作者的切肤之痛，而且在词史上创造了一个艺术的高峰。起句自问自答，正是作者感慨万千的自言自语——一句"往事知多少"，省略了过去那无限的荣华。以下两句，写此时此刻、此情此景之下的凄凉与哀叹，可谓体味良深！过片承上启下，写今日的物是人非，终使自己换来无穷无尽的故国之愁。而尾句之所以成为传诵不衰的名句，既因为它比喻新警、恰切生动，也因为它水到渠成地承载了全词那哀痛不已的家国之愁——家国不幸词家幸，可喜乎？可悲乎？

御街行

秋日怀旧

范仲淹

纷纷坠叶飘香砌。夜寂静,寒声碎。真珠帘
卷玉楼空,天淡银河垂地。年年今夜,月华如练,
长是人千里。　　愁肠已断无由醉。酒未到,先
成泪。残灯明灭枕头倚,谙尽孤眠滋味。都来此
事,眉间心上,无计相回避。

[点评]

　　本词上阕由秋夜入题,从远方妻子的角度抒写对自己的
思念之情:"纷纷坠叶"言秋意之重,"银河垂地"言夜色之
静,"香砌""珠帘"为思念之寄托。这里的"空"字,将寂寞华
屋之中妻子的独守空房之情写得令人揪心。征战多年,无由
与妻相见。在此秋深夜静之际,她将会更加思念我这个戍边
之人的。而"年年今夜,月华如练,长是人千里"三句,已将
自己的私情升华为一种人所共有的崇高情感,从而为天长地
久的"思念"二字注入了更为丰富的新内容。

　　下阕回写自己此时的心境:过片写"愁肠已断",以至无
酒而醉。"酒未到,先成泪"两句,可以作者自己在《苏幕遮》
中"酒入愁肠,化作相思泪"的词句作为最恰切的注脚。而

自己此时的"残灯明灭枕头倚,谙尽孤眠滋味",与妻子此时的"真珠帘卷玉楼空",不正是一种遥相照应的两幅"思念图"吗?千里长空挡不住彼此的真情,夜静孤眠还有思忆相伴。读到结拍,我们可以想见作者又将度过一个怎样的不眠之夜啊!

苏幕遮

怀 旧

范仲淹

碧云天,黄叶地,秋色连波,波上寒烟翠。山映斜阳天接水,芳草无情,更在斜阳外。　　黯乡魂,追旅思,夜夜除非,好梦留人睡。明月楼高休独倚,酒入愁肠,化作相思泪。

[点评]

范仲淹这首非常著名的《苏幕遮·怀旧》,所表现的决非其个人的"一己之愁"或者"闺房之思",而是词人通过自己的故乡之思所表达出的一种"故国之愁"或者"家国之思"。当时,胸怀天下的词人身负陕西经略副使等重要之职,既常年远离故乡,又肩有抵御西夏侵略、巩固边防安全的重任,又岂能不"愁"不"思"呢?

本词上阕,前四句一句一景,首先给读者展现出一幅由近及远的金秋图:仰望乃碧云行天,俯察为黄叶铺地,前视则远水烟波,而波上翠色更衬托出秋色无边。后三句着意将"山"映"斜阳"与天接"水"的意象更迭重复,最后逼出"芳草无情"四字并使之成为作者与读者共同的一种怀念和寄托,给人留下了无穷的想象和难忘的印象。在这里,"芳草"二字既代指故乡,也暗寓离情。

从南朝的江淹到宋代的范仲淹,有关"销魂"的"别"情几乎已经演绎到一种艺术的极致之境,比如这首词的下阕:所谓"黯乡魂,追旅思"者,直言因为思念而不眠也;"夜夜除非,好梦留人睡"者,又言只有期盼自己有个"好梦"才能够"回"到故乡;"明月楼高休独倚"一句,劝言读者尤其是在圆月当空、一人独处之时不要倚楼远望,以免产生更加惆怅之情;而"酒入愁肠,化作相思泪"者,乃"思"也不成、"梦"也不成、"倚"也不成之苦的深层表露,可谓苦不堪言、情不能已矣。

全词景中蕴情,情因景生,情景交融,层层起伏,往复曲折——古人所云之"绝妙好词",此作之谓乎?

蝶恋花①

晏　殊

槛菊愁烟兰泣露②。罗幕轻寒,燕子双飞去。明月不谙离恨苦,斜光到晓穿朱户。　　昨夜西风凋碧树。独上高楼,望尽天涯路。欲寄彩笺兼尺素③,山长水阔知何处?

[注释]

①蝶恋花:又名《鹊踏枝》。
②槛(jiàn):栏杆。槛菊即指栏杆外的菊花。
③彩笺:精美的信笺。尺素:古代通行的尺长素绢。古诗有"客从远方来,遗我双鲤鱼。呼儿烹鲤鱼,中有尺素书"之句,这里用以代指书信。

[点评]

　　这是作者一首非常著名的言愁佳作,它超越悠悠时空令人常读常新:
　　在一个初秋之季,一位少妇尽管身处一座华美的别墅,却无法排遣自己独守空房的寂寞和哀愁。尤其是双飞的燕子和整夜的月光,更让她感到难耐的孤独和凄凉。上阕以景起句,以景写情,虽不见人却已使人深深地体察到一种淡淡的孤寂和哀伤。从具体时间上讲,起首的"槛菊"句点明这是在秋天的早晨;"罗幕轻寒,燕子双飞去"两句,并不仅仅是"一双燕子一飞而去",而是"双双燕子飞来飞去",以此略写一天难耐的时光;而"斜光到晓穿朱户",则已到了第二天的早上。

下阕过片紧承而来,描写主人公在此特定环境中的所思所想、所言所行:除了那恼人的月光之外,昨天夜里还吹了一夜的西风,肯定又凋落了树上不少的绿叶。"我"仍然一个人登临在高楼之上"望远"——"望尽天涯路",其实是说"望不尽的天涯路"。结句最为哀婉凄凉:既然望不到人,那就只有写信来表达自己的说不尽的思念之情了。然而,"欲寄彩笺兼尺素,山长水阔知何处?"信又该寄往何方呢? 于是,作者一腔无处诉说的伤感便不言自明了。

尤其是下阕中"昨夜西风凋碧树。独上高楼,望尽天涯路"两大句,被清末著名文论家王国维借喻为"古今成大事业、大学问者"三种境界的第一种,当是作者所没有想到的吧?

踏莎行

相　别

欧阳修

候馆梅残①,溪桥柳细,草熏风暖摇征辔②。离愁渐远渐无穷,迢迢不断如春水。　　寸寸柔肠,盈盈粉泪,楼高莫近危栏倚③。平芜近处是春山④,行人更在春山外。

[注释]

①候(hòu)馆:古代官府所设接待来往宾客的驿馆、官舍。

②草熏:花草香气。摇征辔:策马远行。辔(pèi):马缰绳。

③危栏:高楼栏杆。

④平芜:平远开阔的草地。

[点评]

　　从心理学的角度来讲,"离愁"与"行色"一样,是一种说不清、道不明的个人情绪,然而却又实实在在地存在于你、我、他的日常生活当中。自古至今,有多少诗人词家吟出过多少有关"离愁"的名篇佳句,传诵千古。欧阳修的这首《踏莎行·相别》,虽不一定就是作者本人的"夫子自道",却是一首早已被公认的、脍炙人口的言愁名篇。正因为如此,才使得更多的人都能从中获得共同的感受。作者运用托物兴怀、以乐写悲、叠用语词、虚实结合、巧设比喻、层层递进、时空转换、亦动亦静等多种艺术方法,曲尽其意而又委婉理智地将之表现得淋漓尽致。

　　本词起句,以"候馆"点出背景,以"溪桥"点出地点;而"梅残""柳细"两种意象,不仅在于表明初春季候,更因二者固有的象征意义在无形中造成一种离别、送行和思念的氛围。正是在此之际,策马而行的远足之人却"摇曳生姿"地出现在读者的面前:"草熏风暖摇征辔。"以下的"离愁"两句,化虚为实,将"征辔"所"摇"之处的景物融入作者的主观感情:"离愁渐远渐无穷,迢迢不断如春水。"联想到五代词人李煜"问君能有几多愁,恰似一江春水向东流"的名句,我们怎能不随着主人公这缓缓而去的节奏使"离愁"愈远愈浓呢?

　　下阕宕开一笔,没有继续正面描写主人公的远行,而是采用语断意连的方法,从闺中佳人思念自己的想象和对佳人的劝慰中,进一步反衬出主人公无法排遣的离愁别恨。结拍两句,更以翻进一层的写法收束全篇:"平芜近处是春山,行人更在春山外。"可谓言已尽而意无穷,令人心旌摇荡至今。

玉楼春

欧阳修

樽前拟把归期说①,未语春容先惨咽②。人生自是有情痴③,此恨不关风与月。　　离歌且莫翻新阕④,一曲能教肠寸结。直须看尽洛城花⑤,始共春风容易别。

[注释]

①樽前:即席宴之上。拟:计划。
②春容:指青春的面容。惨咽:凄惨地哭咽。
③有情痴:感情笃厚,在常人眼中似乎有些痴呆。
④翻新阕:以旧谱翻制新词。
⑤直须:应须。洛城花:即牡丹花。

[点评]

本词是作者对即将离开洛阳之际告别小聚的一次写真。从词中“春容”二字和全词内容来看,这位小聚的对象是位女子,而这位女子很可能是他在洛期间两情相洽的一个情人。由于是邂逅相遇,就使得这次分别无法预测能否有再次相见的机会,因而就很可能成为一次十分伤感的生离死别。

　　我们不妨这样想象：就在这难舍难分的告别小宴上，作者本来想要编造一个"美丽的谎言"，说些"我马上就会回来"之类的话以安慰对方。但还未等他开口，就见对方那青春的脸上已经布满了愁容，以至于伤心地潜然泪下。于是，无言的作者不禁深深地感叹：人是如此的多愁善感、情感脆弱，而这种"不应有（之）恨"与常人所谓的"风月之恨"或"风月之景"是没有关系的。言外之意，表现了作者与这位女子情感的真挚和深切。

　　下阕是作者对情人的谆谆嘱咐、殷切叮咛：且不要翻制那伤心的断肠新词，哪怕只唱一曲也许就会使我们难以承受。也许，我们应该一同尽看洛城牡丹？那样，再与这里的春风（亦即情人）相别就能容易一些了？无法排遣而故作豪爽，明知难为而故作能为——这种欲擒故纵的笔法，进一步深化了作品的主题。

　　在对本词的理解中，有版本说"此恨不关风与月"中的"风月""不应该解作儿女爱恋"。此处的"风月"二字不作"风花雪月"又作什么呢？如若真的不关"风月"，那么妻子之外的"有情痴"又是什么？只不过他自认为比别人更"崇高"一些罢了。即便将这里的"风月"理解为"风月情事"，因为还有"不关"二字在前的限定，也并不妨碍对于作者这种真正感情的正确认识。因为作者在本词中的"豪放"并非真正的豪放，而是一种情感难以解脱、难以排遣之下的无奈，"豪放"何在？

玉楼春

欧阳修

别后不知君远近,触目凄凉多少闷。渐行渐远渐无书,水阔鱼沉何处问？　夜深风竹敲秋韵,万叶千声皆是恨。故依单枕梦中寻,梦又不成灯又尽。

[点评]

在中国古代表现思念一类的诗词作品中,闺中怨妇常常会成为"思念"的主体,远游的丈夫或者戍边的征人多半会成为"被思念"的客体。而欧阳修的这首《玉楼春》词,则将常规性的"思念者"与"被思念者"进行了主客换位。其实,这不仅是作者文学视角的自觉转换,而且是对文学创作题材的重大突破,可谓别出心裁。

本词起拍扣题。上阕写别离之后不知道离人现在何处、景况如何,只觉得触目凄凉,无由烦闷,心绪不佳。并且,随着时间一天天地逝去,行人一天天地远离,书信也一天天地稀少,不禁令词人心中的疑问也一天天地增加。下阕写词人每天晚上的特殊感受:秋风萧瑟,竹叶声声,而它们所诉说的好像都是思念之苦、离别之恨。因而,词人只好一个人独依单枕到梦中去追寻。不过,在梦还没有做成的时候,几案上灯里的油却已经燃尽了——言外之意,词人心中的思念之情随着夜色也越来越重了。全词充溢着一种凄凉无奈、爱恨交织、孤伤无助的情绪。

临江仙

晏几道

梦后楼台高锁,酒醒帘幕低垂①。去年春恨却来时。落花人独立,微雨燕双飞。　　记得小蘋初见②,两重心字罗衣③。琵琶弦上说相思。当时明月在,曾照彩云归④。

[注释]

①"梦后"两句:互文见义。"梦后"和"酒醒"指的是同一件事,而"楼台"和"帘幕"也指的是同一个地方。
②小蘋:歌女名。
③"心字罗衣"有两种说法:或曰用心字香熏过的罗衣,或曰女人衣领曲如心字。
④彩云:此处喻指小蘋。

[点评]

　　上阕描写了一个极静谧也极压抑的特殊场景:不知醉入

梦乡多久的作者刚刚醒来,只见眼前的楼台空旷,大门高锁,而华丽的帘幕也静静低垂——好一片人去楼空、凄清寂寥的景象。下句紧接着说明:欢乐就在去年春天,而今却只留下了离愁别恨。"落花人独立,微雨燕双飞"两句,正是表现"春恨"的一个特写镜头:"落花"与"微雨"中藏有一个"春"字,"独立"与"双飞"中隐含一个"恨"字。而"春"与"恨"的无情比照,更衬托出主人公此时的孤独与凄凉。

　　下阕追忆初见小蘋的印象:身着两重流行衣衫(心字罗衣)的她,亭亭玉立,风姿绰约,与自己一见钟情,芳心暗许——在作者心中,她永远是那样的形象鲜明。也正是在那次初见之时,从小蘋当场献艺的琵琶声中,作者听出了她对自己的相思与倾慕之情。结拍两句,写明月犹在而彩云杳然,物是人非之感使得读者的情绪也随之哀婉不已。

望江东

黄庭坚

江水西头隔烟树。望不见、江东路。思量只有梦来去。更不怕,江阑住。　　灯前写了书无数。算没个、人传与。直饶寻得雁分付。又还是、秋将暮。

肠断离愁·为谁醉倒为谁醒

⊙

31

［点评］

上阕写思念心上之人的复杂心理。起句从自己入笔：逶迤西望江水，点明对方远在西方。次句换位思考：望不见江东来路，写作者想象对方在思念自己。然而，正由于重重烟树阻隔，才使得双方望而不得。紧接下来，作者把希望寄托给来去无踪之梦："思量只有梦来去。更不怕，江阑住。"对方到底是何样一个女子，竟使得作者痴情如此？

下阕进一步写作者自己思念的持续状态。过片"灯前写了书无数"，言已经写了无数的情书，将一个夜夜苦思、借信表心的情种形象表现得恰到好处。但是，如此之多、如此动人的情书，却找不到合适的信使帮助传送岂不令人焦心？最后，作者终于选定忠诚的大雁，因为这心中的秘密是不能被别人知道的。可是，那还要等到秋末大雁迁徙的季节。而这对于度日如年、相思若渴的作者来说，岂不又是情感上的最大煎熬！

本词似乎全是作者的内心独语，语言朴质无华，温而不躁；描写淡雅清新，生动形象；情感委婉曲折，盈而不溢。心上人知之，定当会心动不已的！

千秋岁

秦　观

　　水边沙外,城郭春寒退①。花影乱,莺声碎。飘零疏酒盏,离别宽衣带②。人不见,碧云暮合空相对。　　忆昔西池会③,鹓鹭同飞盖④。携手处,今谁在?日边清梦断,镜里朱颜改。春去也,飞红万点愁如海。

[注释]

①城郭:古代城墙有内外之分,内墙为"城",外墙为"郭"。
②这里用"衣带渐宽终不悔,为伊消得人憔悴"词意。
③西池:指首都汴京城西的金明池,作者和他的朋友们在此曾经有过一段欢乐的聚会。
④鹓鹭:两种鸟名,一贱一贵,用以比喻品级差别的同僚。
盖:古代马车上的遮阳伞,这里以马车代指官员。

[点评]

　　北宋元祐前后,新旧两大派系的斗争十分激烈。以苏轼兄弟和黄庭坚、秦观等人为代表的旧派,既曾经在司马光得势之时受到过重用,也曾经在司马光失势时尝到过贬谪的滋味。本词就是作者被逐出京师在处州(今浙江丽水)担任一名监酒税官时的一种心灵写照。上阕即景生情,从具体的地点、季节入笔,"花影乱,莺声碎"在表面上看来,好像是一种非常热闹的仲春景象,其实在热闹的背后,却隐藏着作者强烈的伤感情绪。正因为如此,就使得"飘零疏酒盏,离别宽衣带"一句有了实实在在的情感依托。而"人不见,碧云暮合空相对"的叹息,则使读者的情绪也随着作者的描写自然转入下阕。

过片承上启下,在"忆昔西池会,鹓鹭同飞盖"两句的回忆之中,既包含了对苏轼等人的深情,也有着对异党分子的痛恶。然而,这都已经是昨日之事了,而今也不知道他们人在何方。言语之间,流露出对当年在朝从政时期的无限留恋。以下两句是说日月如梭,年光飞逝,自己已经朱颜渐改了。结拍最为精警:"春去也,飞红万点愁如海。"这里一方面是在季节上对开篇时间的照应,更重要的是寓意着一批政治家被集体驱逐如"飞红万点"一般的惨痛和壮烈。而"愁如海"之叹,则表现了一种政治上失意后的落寞和无奈。

浣溪沙

秦 观

漠漠轻寒上小楼,晓阴无赖似穷秋。淡烟流水画屏幽。　　自在飞花轻似梦,无边丝雨细如愁。宝帘闲挂小银钩。

[点评]

这首小令就像一个非常精巧的工艺品,轻盈雅致而又剔透玲珑。不过,这个工艺品似乎有着奇妙的魔力——当你拿在手上仔细地欣赏、把玩之时,你就会不由自主地产生一种幽幽的伤感和淡淡的忧愁。玩赏之余,却又会爱不释手。

本词通过作者轻浅的笔调、清幽的意境,描写了女主人公一种挥之不去、似有若无、去还复来的"闲愁"。而她的这种"闲愁",却又令人感到飘忽不定、渺然难寻和怅然若失。正因为如此,才属于一种落寞的"闲愁";也正因为是"闲愁",才更使人生出一种"百无聊赖"的感觉。

踏莎行

郴州旅舍^①

秦 观

　　雾失楼台，月迷津渡。桃源望断无寻处。可堪孤馆闭春寒，杜鹃声里斜阳暮。　　驿寄梅花，鱼传尺素。砌成此恨无重数。郴江幸自绕郴山^②，为谁流下潇湘去？

[注释]

①郴州：即今湖南省郴州市。旅舍：即旅馆。
②幸自：本自。

[点评]

　　这是一阕成功表现羁旅愁思并感人至深的千古绝唱。上片起首三句写景：楼台雾失于白日，津渡月迷于夜晚，心中的桃源即便在望断之后仍然了无寻处。以下两句，写在这不堪"孤馆闭春寒"的季节里，更无法承受那日暮斜阳之中的杜鹃声声。过片非常恰切地使用了两个典故，即古代关于折梅赠人和鲤鱼传书的两个故事。下接"砌成此恨无重数"一句，是词人在面对眼前这无数愁绪时无奈心声的自然流露。歇拍以问句结束全词：滔滔的郴江水本来环绕着青青的郴山是多么的和谐自然,可不知它为什么还要为谁流下潇湘而去? 言外之意是说:自己本来在自己家乡该是多么的好啊,却不知为什么还要到处宦游伤心?

卜算子

李之仪

我住长江头,君住长江尾。日日思君不见君,共饮长江水。 此水几时休? 此恨何时已? 只愿君心似我心,定不负相思意。

[点评]

这是一首非常著名的民歌型情侣念远之章。全篇紧紧围绕"长江"这一情感意象,首先在上阕的开篇两句中,以一个"头"字和一个"尾"字,极言情人双方的距离之远;又以"思君不见君"和"共饮长江水",跌宕出双方的情感波澜——前者表明作者的无限怅恨,而后者则是在进行无补也无奈的自慰。在下阕,过片两句——"几时休"和"何时已"——以反诘之语出之,更渲染了双方在时间距离上的久远。而结拍"只愿君心似我心,定不负相思意"两句,既是一种此心不变的信誓旦旦,又是一种此情无悔的情思绵绵。本词在借鉴民歌特点的基础上,语言浅白而又韵味隽永。

横塘路①

贺 铸

凌波不过横塘路②。但目送,芳尘去。锦瑟年华谁与度? 月台花榭,琐窗朱户,只有春知处。

碧云冉冉蘅皋暮③,彩笔新题断肠句。试问闲情都几许? 一川烟草,满城风絮,梅子黄时雨。

[注释]

①横塘路:又名《青玉案》。
②凌波:此处代指美人。横塘:古堤塘名,这里代指送别之地。"凌波不过横塘路"一句,在这里是说美人不让词人送她再到"横塘路"以远。
③蘅皋:指长有蘅芜香草的水边高坡。

[点评]

本词继承屈原以香草美人抒发政治感慨的传统,综合运用比兴、讽喻和想象的艺术手法,通篇寓悲愤哀怨于婉丽温情之中,可谓意味深长。

上阕起句,就点出当时送别的地点:一个古老水塘旁边的路上。古语云:"送君千里,终有一别。"于是,美人执意不让词人再送,词人只好在此与美人缠绵话别,并目送美人的身影渐渐远去。于是,词人内心深处的忧虑和疑问也便随之而生:美人孤身远去异乡,该会由谁来陪她度过美好的"锦瑟年华"呢?以下的"月台花榭,琐窗朱户,只有春知处"几句,也都是由此申发开来,交织着词人爱慕、怜惜、无奈、失望等复杂的关切之情。

天已经暮云四合了,词人仍站在那个送别的地方远望。两人钟情之深,也由此可见一斑了——过片写词人不仅还在对美人的远离独自悲伤,而且已经为此填写了一首"断肠"新词。本词之所以著名,并不仅仅是前边所写的"老套"故事,主要原因在于下阕所描写的"闲愁",并将"闲愁"以问句出之:"试问闲情都几许?一川烟草,满城风絮,梅子黄时雨。"在这里,词人即景生情,比兴兼用,博喻联珠,将"烟草""风絮""梅雨"等意象,在生动地描绘出一幅江南暮春烟雨图的同时,更比拟出一种空前绝后的世间文人"闲愁"图——如许抽象的"闲愁",竟能写成如此丰富的形象,无怪乎千古流传矣!

秋蕊香

张　耒

帘幕疏疏风透。一线香飘金兽①。朱栏倚遍黄昏后。廊上月华如昼。　　别离滋味浓如酒。著人瘦。此情不及墙东柳。春色年年依旧。

[注释]

①金兽：金色兽形香炉。

[点评]

本词上阕，首先给读者描绘出一幅比"月上柳梢头，人约黄昏后"更为风清月朗、幽雅静谧的画面，令人感觉作者好像正身处一个温柔之乡中。但是，过片的"别离滋味浓如酒。著人瘦"两句却突然转折，似乎让读者的感情来了一次"快速冷冻"，真真令人猝不及防。"此情不及墙东柳"一句，将自己多年以来的别离之怨，移情于本无知觉的杨柳——尽管"杨柳"无故蒙"怨"，但作者的心中怨气却得以适当释放——此乃"无理而妙"之又一证例也。而结拍的"春色年年依旧"，不仅在纯粹白描的表面背后隐忍着切入肌肤的别离之痛，而且补足全词时间（此前多年和未可预料的来日）上的空当。一笔宕开，苦痛更不堪言——可谓点睛之笔。

夜飞鹊

别　情

周邦彦

河桥送人处,凉夜何其?斜月远坠余辉。铜盘烛泪已流尽,霏霏凉露沾衣。相将散离会,探风前津鼓,树杪参旗①。花骢会意,纵扬鞭、亦自行迟。　　迢递路回清野,人语渐无闻,空带愁归。何意重经前地,遗钿不见②,斜径都迷。兔葵燕麦③,向残阳、影与人齐。但徘徊班草④,唏嘘酹酒⑤,极望天西。

[注释]

①树杪:树梢。

②遗钿(diàn):此处指遗落的妇女首饰。钿,古代用珠宝镶成的花朵形首饰。

③兔葵燕麦:两种野草,这里泛指丛生的杂草。

④班草:犹言布草,即有秩序地使杂草铺平能坐。

⑤唏嘘:哽咽,抽噎。

[点评]

本词乃作者首创之调。词牌《夜飞鹊》之本意,似乎就

肠断离愁·为谁醉倒为谁醒 ⊙

是曹操《短歌行》中凄清之景、依依之情的凝练与概括。因而,内容与词牌吻合之绝妙就是本词在艺术上成功的第一体现。

从全词内容来看,这是一首旧地重游之作,也是一首与异性的惜别之作。

上阕追忆——斜月余晖,其夜何深?桥边送人,其情何伤?烛泪流尽,其人何在?凉露沾衣,其景何凉?尤其是"花骢会意,纵扬鞭、亦自行迟",写"花骢"也不忍面对这种悲伤的别离,以至于虽鞭策于身而迟迟难行,真可谓凄情倍增:马犹如此,何况人乎?

过片承上启下,写作者当时送人之后,独自带着愁绪归来。从"何意重经前地"一句,作者才开始在下阕中"此时重游此地"的实写——"遗钿不见":点明送别之对象是异性,至于是夫人抑或情人就无从考证了。"兔葵燕麦":既以凄凉之景诉凄清之情,且又无言表明伊人远去之久。而结拍三句,则着重表现了作者哀伤之极时的一连串动作:徘徊再三布草而坐,独自斟酒短叹长嘘,极望西天惆怅无边。为什么要向西望呢?残阳西下,忧思更甚,下意识之动作也——此其一;"劝君更进一杯酒,西出阳关无故人。"因为王维的这句诗属艺术境界中有意识之动作也——此其二;伊人也许就在此地的西方,不能不有之动作也——此其三。如是观之,本词焉能不为读者所喜爱?

南 浦

旅 怀

鲁逸仲

风悲画角,听单于三弄落谯门①。投宿骎骎征骑②,飞雪满孤村。酒市渐阑灯火,正敲窗乱叶舞纷纷。送数声惊雁,下离烟水,嘹唳度寒云③。

好在半胧溪月,到如今、无处不销魂。故国梅花归梦,愁损绿罗裙。为问暗香闲艳,也相思万点付啼痕。算翠屏应是,两眉馀恨倚黄昏。

[注释]

①谯门:指古代城门上的瞭望楼。
②骎(qīn)骎:形容马跑得飞快的样子。
③嘹唳(liáo lì):指雁、鹤等飞禽嘹亮的鸣叫声。

[点评]

本词意境清远,用语婉丽,在历代抒写"旅怀"的作品中当属佼佼者。

上阕即景生情,写自己在一个特殊环境之下的特殊情感:起句"风悲画角"先入为主,既为作品内容定下一个十分悲壮的基调,也为作品人物设下一个活动的场景——一个边远的异域小城。时间已晚,雪飞孤村,使骑马投宿的作者不禁顿生"独在异乡为异客"之感。而"酒市"句以下有关的"渐阑灯火""敲窗乱叶""惊雁""寒云"等意象,无不带有一种凄凉的主观情绪。自过片的"好在"句开始,作者先以"半胧溪月"代指所思念的家乡,说无论自己身处何方,都会为之而"销魂"的。"故国"句再从对方写起,具体地描写"梅花梦"中的"绿罗裙"因自己而"愁损",感情自然更进一层。这还不够,作者继续写道:尽管有"暗香闲艳"可供"绿罗裙"观赏、消遣,但她也仍然无法不为相思而暗泣生悲。结拍以虚拟语气"算……应是"句式,推出一个想象中的特写镜头:正是在此时的黄昏时分,"她"倚门而望,脸上啼痕点点,不用说其双眼更是充满了哀怨之情——真的好可怜、好可怜啊!

本词紧扣题目《旅怀》,上阕写身边之景处处凄清,下阕写思念之人句句含情。无论何时捧读,都不免令人为之同起故国之情、美人之思。

一剪梅

李清照

红藕香残玉簟秋①。轻解罗裳，独上兰舟。云中谁寄锦书来？雁字回时，月满西楼。　　花自飘零水自流。一种相思，两处闲愁。此情无计可消除，才下眉头，却上心头。

[注释]

①簟(diàn)：古人一种专供坐卧的竹席。

[点评]

　　上阕中"红藕香残玉簟秋"等句，并不见得是主人公的实际举动，很可能是她为作品虚设的一种特殊情景。"云中谁寄锦书来"一句，实际上是说"云中无人寄书来"。"雁字回时，月满西楼"两句写景，正是作者"此处无声胜有声"的一种气氛烘托，将"独上兰舟"的无奈之举和孤寂之情，渲染到无以复加的程度。而下阕中的"一种相思，两处闲愁""才下眉头，却上心头"等句，分别从数字和形体的对比中，表达出一种思念和无奈的情绪。将全词首句中的"秋"字和尾句中的"心"字合起来，不正分明是一个"愁"字吗？

凤凰台上忆吹箫

李清照

香冷金猊①，被翻红浪，起来慵自梳头。任宝奁尘掩，日上帘钩。生怕闲愁暗恨，多少事，欲说还休。今年瘦，非干病酒，不是悲秋。　　休休。这回去也，千万遍阳关，也即难留。念武陵春晚，云锁重楼。惟有楼前绿水，应念我，终日凝眸。凝眸处，从今又添，几段新愁。

[注释]

①金猊(ní)：即狻(suān)猊，古代传说中的一种猛兽。这里代指金猊形的香炉。

[点评]

李清照是否真的就是一个十分"慵懒"的人？尽管作品真实并不代表生活真实，但"闲愁""悲秋""别恨"的内容却并不一定必须以"慵懒"才能来表现的。然而，她这篇作品的上阕却在"香冷""被翻""慵自梳头"等表现"闲愁"的情绪之外，恰使读者读出了"慵懒"二字。"香冷金猊，被翻红浪"的开篇，正无言地表现了词人这种辗转反侧的状态。不过，李清照也确实不愧一个写"愁"高手。且不管她本人的"慵懒"与否，下阕煞拍"凝眸处，从今又添，几段新愁"的描写，却是形象地表现了"愁"的又一种存在方式。

也有版本为本词添加"离别"或"闺情"之题，但本词的"离别"是与丈夫赵明诚的真正分别，而绝非其他词人作品之中的虚拟之别。因此，我们从词中曲折委婉的描写中也可以看出：李清照与赵明诚夫妇之间的情感还是相当真切而深厚的！

武陵春

李清照

风住尘香花已尽，日晚倦梳头。物是人非事事休，欲语泪先流。　　闻说双溪春尚好，也拟泛轻舟。只恐双溪舴艋舟，载不动，许多愁。

[点评]

本词主要描写词人的心理活动。开篇"风住尘香花已尽"一句，简洁地了结了一场刚刚过去的狂风骤雨，并为下文内容进行了场景转换上的铺垫。"日晚倦梳头"是写词人又在家里独自愁苦了整整一天，直到日薄西山也没有心思为自己梳妆。在《凤凰台上忆吹箫》中，词人也曾有"起来慵自梳头"之句，但二者之间却有着"生离"与"死别"的本质区别。以下"物是人非"两句,从前文的含蓄表述转为直接表达——既是欲说还休,也就无须多说了;看似多此一说,实是不得不说。下片集中描写词人在此一天中的犹疑与徘徊,尤其"只恐双溪舴艋舟,载不动,许多愁"三句,将自己无穷无尽的愁绪移送上船,不仅新巧传神,而且使之得以动感化、重量化,成为全词更精彩、更具感染力的点睛之笔。

州　桥①

（七十二首选一）

范成大

州桥南北是天街②,父老年年等驾回。

忍泪失声询使者:几时真有六军来③?

［注释］

①州桥:即北宋都城汴京横跨汴河的天汉桥。诗人在原诗题下自注云:"南望朱雀门,北望宣德楼,皆旧御路也。"

②天街:作者自注:"天街"即"御路"。

③六军:代指朝廷的军队。

［点评］

宋孝宗乾道六年(1170 年),作为南宋使者出使金国的诗人范成大,目睹已在金国治下的北宋故都汴京旧城,目睹望眼欲穿的故国父老,感慨万千,肝胆皆碎,一口气写下绝句七十二首。《州桥》正是其中流传最为广泛的一首。在本诗中,诗人将"州桥"与"天街"作为北宋故国的象征和展开情节的场景,准确地锁定"父老年年等驾回"这个特写镜头,表现了故国父老对于南宋朝廷持久不衰的期待。随后"忍泪失声询使者:几时真有六军来"两句所表现的情与景,直令人不忍卒读。"真有"二字用得很妙,既委婉地表达了诗人自己的爱国之愿,又体现了父老乡亲渴望皇帝班师的迫切心情,也隐含着对于南宋当局苟且偷安的讥讽。

唐多令

吴文英

何处合成愁?离人心上秋。纵芭蕉不雨也飕飕。都道晚凉天气好,有明月,怕登楼。　　年事梦中休,花空烟水流。燕辞归、客尚淹留。垂柳不系裙带住,漫长是,系行舟。

[点评]

吴文英的这首《唐多令》,上阕起句运用拆字法自问自答,巧妙而委婉地点出本词的主题:"愁"。但是,"愁"也是各有不同的。而本词之愁则是作者心中割舍不断的"离

"，如下阕煞拍写道："垂柳不系裙带住，漫长是，系行舟。"
不过，如果那"行舟"是可以用裙带所能够系得住的，也许就
不会有这首词了吧？

春　游

赵秉文

无数飞花送小舟，蜻蜓款立钓丝头。

一溪春水关何事？皱作风前万叠愁。

[点评]

　　前两句大景与小景、动景与静景的对比描写，已使诗人
的这次"春游"有了一种怡淡清新、机趣横生的收获。从"蜻
蜓款立钓丝头"一句可知，诗人是在进行垂钓，但他的心中
却并不轻松。诗人在此处化用冯延巳的词句，将风前春水
"皱作""万叠愁"，艺术上更精妙，内容上也更浑厚了。

一剪梅

舟过吴江^①

蒋　捷

一片春愁待酒浇。江上舟摇,楼上帘招。秋娘渡与泰娘桥^②。风又飘飘。雨又潇潇。　　何日归家洗客袍？银字笙调^③。心字香烧^④。流光容易把人抛。红了樱桃。绿了芭蕉。

[注释]

①吴江:在太湖东岸,吴淞江北流经过此地。今属江苏。
②秋娘渡、泰娘桥:吴江县的两个地名。
③银字笙:一种镶嵌银字的乐器。
④心字香:一种盘曲如"心"的名香。

[点评]

蒋捷笔下的"春愁"别具一种特点。当他"舟过吴江"之际,眼中看到了一番"舟摇""帘招"的景象,于是便更加重了"何日归家洗客袍"的思念。而"流光容易把人抛"的感慨,使得全词的起句"一片春愁待酒浇",更具有了诗人自己在思想深处对流光易逝的情感追忆与艺术依托。不过,对于李白"借酒浇愁愁更愁"诗句的无痕化用,则使全词首先奠定了一个"春愁"的基调。

　　蒋捷的这首《一剪梅·舟过吴江》,用语流动,气韵畅达,在"舟摇""帘招"的潇洒中,不动声色地透出自己念故思归的内在情怀。煞拍"红了樱桃。绿了芭蕉"两句,更把一种流光易逝、度日如年的感觉表现得十分形象,无怪乎广为读者喜爱矣!

梅花引

荆溪阻雪①

蒋　捷

　　白鸥问我泊孤舟:是身留? 是心留? 心若留时,何事锁眉头? 风拍小帘灯晕②舞,对闲影,冷清清,忆旧游。　　旧游旧游今在否? 花外楼,柳下舟。梦也梦也,梦不到、寒水空流。漠漠黄云,湿透木绵裘。都道无人愁似我,今夜雪,有梅花,似我愁。

[注释]

①荆溪:在今江苏省南部。

②灯晕:指风灯的光晕。

[点评]

　　本词可谓奇作。词人主要通过"我"与"白鸥"的悄悄对话,表现了他在一次舟行阻雪之际的心理活动过程。"白鸥"的问话婉转而刁钻——"是身留?是心留?"而"我"的回答巧妙又含蓄——"花外楼,柳下舟"。不过,有一点却是作者无论如何也解决不了的——"今夜雪,有梅花,似我愁"。在既有些温馨又略显惆怅的情调之中,作者或许并不想打碎这个"梦也梦也,梦不到"的"愁梦"吧?

　　全词语言潇洒,笔调活泼,意境清妍,情趣盎然,充分体现出词人"语言纤巧""洗练缜密"的艺术特点。

韵里风光

好山好水看不足

忆余杭

（十首选三）

潘 阆

长忆西湖，尽日凭栏楼上望。三三两两钓鱼舟，岛屿正清秋。　　笛声依约芦花里，白鸟成行忽惊起。别来闲整钓鱼竿，思入水云寒。

长忆钱塘，不是人寰是天上。万家掩映翠微间，处处水潺潺。　　异花四季当窗放，出入分明在屏障。别来隋柳几经秋，何日得重游。

长忆观潮，满郭人争江上望。来疑沧海尽成空，万面鼓声中。　　弄潮儿向潮头立，手把红旗旗不湿。别来几向梦中看，梦觉尚心寒。

[点评]

　　在组词《忆余杭》中，潘阆抓住余杭地区不同景点的不同特色分别进行重点描写，正可谓各有千秋。"长忆西湖"一阕，既不同于苏轼所写"欲把西湖比西子，浓妆淡抹总相宜"的"初晴后雨"，又不同于杨万里所写"接天莲叶无穷碧，映日荷花别样红"的"六月西湖"，而是西湖岛上"思入水云寒"的清秋时节，正所谓"别有一番滋味在心头"。俗话说：

"上有天堂,下有苏杭。"而苏杭到底如何之好呢? 读者不妨把"长忆钱塘"一阕视为一种对于苏杭的艺术阐释:"万家掩映翠微间,处处水潺潺。""异花四季当窗放,出入分明在屏障。""长忆观潮"一阕中的"来疑沧海尽成空,万面鼓声中"之句,不仅描写了钱塘潮在视觉上空前的气势,而且表现了钱塘潮在听觉上的豪情。而"弄潮儿向潮头立,手把红旗旗不湿",则更因其生动的形象、豪迈的气概从而成为脍炙人口的名句。

宿甘露僧舍①

曾公亮

枕中云气千峰近,床底松声万壑哀。

要看银山拍天浪,开窗放入大江来。

[注释]

①甘露:即甘露寺,在今江苏镇江北固山上。相传此寺建于三国吴甘露年间,又说建于唐文宗大和年间,重建于北宋真宗大中祥符年间。

[点评]

实际上,甘露寺并没有什么"云气"或者"松声"。前两句纯属作者的艺术虚拟,描写诗人好像正置身于"千峰"之上看"云气"氤氲、在"万壑"之中听"松声"滚滚。后两句构思奇妙,陡然而来,给人以真实形象、如临其境的感觉:"要看银山拍天浪,开窗放入大江来。"在这里,诗人不仅看到一幅"银山拍天浪"的奇妙景象,而且要将"大江""放入"僧舍中来。只一个"放"字,即可见其想象之奇妙、气魄之宏大、胸怀之宽广。

采桑子

（十首选二）

欧阳修

群芳过后西湖好,狼藉残红。飞絮濛濛。垂柳阑干尽日风。　　笙歌散尽游人去,始觉春空。垂下帘栊。双燕归来细雨中。

天容水色西湖好,云物俱鲜。鸥鹭闲眠。应惯寻常听管弦。　　风清月白偏宜夜,一片琼田。谁羡骖鸾?人在舟中便是仙。

[点评]

宋代著名词人欧阳修,晚年退居颍州时一气写了十首组词《采桑子》。"群芳过后"一阕,一反常规地特意描写"狼藉残红,飞絮濛濛""笙歌散尽游人去""双燕归来细雨中"的微妙感受和不易为人觉察的情绪波澜,给读者留下很大的回味余地。如果说以上三阕都是词人对于白天动态西湖的精彩描写的话,而"天容水色"一阕,则对于夜晚静态西湖进行了非常动人的表现:上片偏重从"应惯寻常听管弦"中衬出"鸥鹭闲眠",人与自然是如此协调地生活在一起;下片则侧重从"一片琼田"中推出"人在舟中便是仙",使游人那已经十分厌倦、疲累的身心得以自由、快活与逍遥,真可谓"不虚此行"矣!

泊船瓜洲①

王安石

京口瓜洲一水间,钟山只隔数重山②。

春风又绿江南岸,明月何时照我还?

[注释]

①瓜洲:在今江苏省邗江县南临江处。
②京口:即今江苏省镇江。钟山:即南京紫金山。

[点评]

本诗写于作者二度拜相的进京途中,全诗充满了一种愉悦的气氛和欢快的情调。首句写从"京口"到"瓜洲"仅有"一水间"(长江)之隔,次句写从"钟山"到"瓜洲"也才有

"数重山"之远——诗人这种着意的艺术夸张,不仅与他此时此刻的心情已达一种十分的协调境界,而且显示了他成竹在胸、蔑视一切困难的气度。第三句中的"春风"二字,既是节候中的春天之风,更是政治上的"皇恩浩荡",于是才有了"又绿江南"之说。而这里的"江南",既是地理上的江南,又是诗人所在的处所。四句的"明月何时照我还",于一路的轻快之中更流露出对于"江南"大地的钟情与留恋。

关于"春风又绿江南岸"一句中"绿"字的推敲修改,流传有多种不同的版本。而此"绿"字的运用之妙,还在于以小见大地表现了一种由此及彼的动态感、层次感和画面感。大家手笔,由此可见一斑矣!

书湖阴先生壁①

(二首选一)

王安石

茅檐长扫静无苔,花木成畦手自栽。

一水护田将绿绕,两山排闼送青来。

[注释]

①书……壁:古代常见的一种作品发表形式,即将作品题写在一块较大、较醒目的墙壁上供人阅读。湖阴先生:即作者的朋友杨德逢,号"湖阴先生"。

[点评]

　　本诗前两句描写"湖阴先生"家清幽而静洁的环境和"花木成畦"的劳动果实,"无意"之中已经将这位先生的精神风貌表达得脱俗而飘逸。后两句诗是对句,诗人这一匠心独运的结构安排,已使这里的自然景物人格化,与主人公之间已经达到一种"物我"无间的天然境界——生动的素描,清丽的语言,盎然的趣味,无不处处表现了诗人高妙的艺术功力。

桂枝香

金陵怀古①

王安石

　　登临送目,正故国晚秋②,天气初肃。千里澄江似练,翠峰如簇。征帆去棹残阳里,背西风、酒旗斜矗。彩舟云淡,星河鹭起③,画图难足。

念往昔、繁华竞逐。叹门外楼头④,悲恨相续。千古凭高对此,漫嗟荣辱⑤。六朝旧事随流水⑥,但寒烟芳草凝绿。至今商女,时时犹唱,后庭遗曲⑦。

[注释]

①金陵:古邑名,在今南京市清凉山。后人常用作南京市的

别称。

②故国:因为南京曾经是六朝的国都所在,所以这里仍然是南京的代称。

③彩舟云淡,星河鹭起:彩舟指画船,星河本指银河,这里代指长江。

④叹门外楼头:隋将韩擒虎灭陈后,从京阳井中俘获了陈后主和宠妃张丽华,这里也是代指六朝繁盛与衰败。

⑤漫嗟:空叹。

⑥六朝:指此前曾经定都南京的吴、东晋,以及南朝宋、齐、梁、陈。

⑦后庭遗曲:即陈后主所作《玉树后庭花》,辞甚哀怨,被后人称为亡国之音。

[点评]

本词虽是第一次将历史兴亡引入词作之中,却成为一首同类体裁与题材中的绝唱。当时,词人再次罢相,寓居金陵,虽然在个人仕途上遭遇了重大挫折,但是对于当朝国事却仍然是忧心忡忡。作者在上阕中描写眼前景物,带着一种欣赏的眼光;下阕转写历史人事,却分明又带着慨叹的感情。煞拍的“至今商女,时时犹唱,后庭遗曲”三句,虽不同于杜牧当年晚唐末期的感叹,但是也明显寄寓了词人由“六朝旧事随流水”而来的家国之思。

雨中登岳阳楼望君山^①

（二首选一）

黄庭坚

投荒万死鬓毛斑，生出瞿塘滟滪关^②。

未到江南先一笑，岳阳楼上对君山。

[注释]

①岳阳楼：在今湖南省岳阳市洞庭湖畔，乃我国古代江南
"三大名楼"之一。其他两座名楼分别是湖北武昌的黄鹤楼
与江西南昌的滕王阁。君山：在洞庭湖中与岳阳楼遥遥相
望。
②瞿塘滟滪关：即长江三峡中四川段的瞿塘峡和滟滪堆。

[点评]

　　本诗名为"望君山"，并没有对"君山"进行正面描写，但
全诗始终洋溢着一种旷达的豪情和一股难以抑制的喜悦。
诗人久谪巴蜀，遇赦东归，途经岳阳，感慨万端。尤其三、四
句"未到江南先一笑，岳阳楼上对君山"，把内心复杂的欢欣
之情化为诗人简单的"先一笑"，删繁就简，包容着丰富的思
想含量。

临江仙

信州作^①

晁补之

谪宦江城无屋买,残僧野寺相依。松间药臼竹间衣。水穷行到处,云起坐看时。　　一个幽禽缘底事? 苦来醉耳边啼。月斜西院愈声悲。青山无限好,犹道不如归。

[注释]

①信州:我国历史上曾经有几个信州,这里指唐乾元元年分衢、饶、建、抚诸州而治的新设信州,治所在今江西上饶。

[点评]

　　本词上阕表现词人初到信州时的主观感受。仅从"谪宦江城无屋买"的描写中,读者可以明显感受到词人晁补之是个清官,感受到他与"残僧野寺相依"的清苦。然而,这却恰恰符合词人那超脱、恬淡的性情。只"松间药臼竹间衣"一句,就给人以丰富的想象空间。这里的一阵松涛来,一阵竹风寒,一声药臼响,一角衣衫影,在词人的眼里无不成为一种诗情画意的美感,一种惆怅、清雅的象征。而以下"水穷行到处,云起坐看时",化用王维《终南别业》中"行到水穷

韵里风光·好山好水看不足

⊙

65

处，坐看云起时"两句，由于将句子成分进行了微妙处理，则已被赋予了更为生动深刻的思想内容。

本词下阕，词人转向对于"野寺"景象的客观描写，而这种描写已经具有情节化的感情色彩。那应该是在一个风清日丽的下午，词人无事饮酒至醉，便卧倒在竹间松下乘凉。不知道为什么，一个"幽禽"在词人的耳边不住地悲啼。一直到月斜西院了，那鸟声就显得更加的悲悲凄凄——实际上，这并不是什么鸟鸣，而是词人自己的心声。全词歇拍，委婉地表达了词人的这种尤其强烈心声："青山无限好，犹道不如归。"

吴门道中二首

孙　觌

一点炊烟竹里村，人家深闭雨中门。

数声好鸟不知处，千丈藤萝古木昏。

数间茅屋水边村，杨柳依依绿映门。

渡口唤船人独立，一蓑烟雨湿黄昏。

[点评]

诗人这两首次韵之作，不动声色地描绘了两幅淡淡的雨中田园图。尤其"数声好鸟不知处""渡口唤船人独立"两句,犹如几个生动脆亮的音符,使这恬淡的乡间显得更为幽静,更充满纯粹田园的诗情画意! 而"一蓑烟雨湿黄昏"一句中的"湿"字用得最妙,不仅淋湿了雨中的诗人和诗人的黄昏,并且淋湿了千年以来的读者和读者的感觉。

鹧鸪天

西都作①

朱敦儒

我是清都山水郎②,天教分付与疏狂。曾批给露支风券,累上留云借月章③。 　　诗万首,酒千觞,几曾着眼看侯王? 玉楼金阙慵归去,且插梅花醉洛阳。

[注释]

①西都:北宋以洛阳为西京,亦称西都。
②清都:传说中天帝的居所。
③给露支风、留云借月:均指调风遣雨的权力。

[点评]

这首蕴藉奇绝的短章,非常生动地刻画了词人恣情山水、"头插梅花"、"啸傲王侯"的个性。在上阕中,词人将自己比作一个由天帝派遣并赋予了管理山水权力的仙人,恣意疏狂,不受拘束,可以任意地调风遣雨,留云借月,可谓得意至极,风趣横生。在下阕中,词人先是如数家珍地检点自己的"诗万首"和"酒千觞",并因此而敢于放言:"几曾着眼看侯王?"歇拍两句,则更将这种狂傲之情演绎到了极致:现在,连天帝那里的"玉楼金阙"我都懒得回去了,我还是头插梅花、口饮美酒、畅醉洛阳吧。词人以其具有荒诞色彩的想象之笔,表现了自己特立独行的形象。尽管词人极想逃避北宋当时那种即将国破家亡的现实,但在实际上,词人对于人间红尘仍是十分留恋的。

晓出净慈寺送林子方

杨万里

毕竟西湖六月中,风光不与四时同。

接天莲叶无穷碧,映日荷花别样红。

[点评]

本诗题为送别友人,其实是一首描写西湖风光的绝妙之作。首句以"毕竟"二字领起,直接交代诗人为朋友林子方送行的地点(西湖)和时间(六月);次句犹如诗人带有强烈情感的一声响亮喝彩:"好啊,这里的风光是如此之美!"那么三、四两句就具体地表现了这种美丽的与众不同:"莲叶"

接天而碧，"荷花"与日争红——互文修辞加之"无穷""别样"两组副词的使用，具有一种相得益彰的艺术效果，并使这两句诗成为比较少见的结尾对仗佳句。

念奴娇

过 洞 庭

张孝祥

洞庭青草，过中秋、更无一点风色。玉鉴琼田三万顷^①，著我扁舟一叶。素月分辉，明河共影，表里俱澄澈。悠然心会，妙处难与君说。　　应念岭表经年^②，孤光自照，肝胆皆冰雪。短发萧骚襟袖冷^③，稳泛沧溟空阔。尽吸西江^④，细斟北斗，万象为宾客^⑤。扣舷独笑，不知今夕何夕？

[注释]

①玉鉴琼田：玉鉴乃玉镜，琼田乃玉田。玉鉴琼田在这里形容洞庭湖水如美玉一般光洁明净。

②岭：这里指五岭以外的两广一带，词人曾任广南西路经略安抚使。表：即外表。

③萧骚：即萧疏。

④西江：长江从此西来洞庭湖，故称。

⑤万象:自然万物。

[点评]

　　这首词之所以著名,是因为作者通过对洞庭湖中秋佳节"素月分辉,明河共影""妙处难与君说"景色出神入化的精彩描写,充分表现了他自己"孤光自照,肝胆皆冰雪""悠然心会""表里俱澄澈"的内心世界;是因为作者"尽吸西江,细斟北斗"的奇思妙想、"万象为宾客"的宏大气魄和"扣舷独笑,不知今夕何夕"的哲理性思考,给读者留下了极其深刻的印象。全词将情与景进行了妙不可言的水乳交融,给人以物我两忘的阅读愉悦,使人获得了一次纯净心灵、体验崇高的精神享受。

过垂虹①

姜　夔

自作新词韵最娇,小红低唱我吹箫②。

曲终过尽松陵路,回首烟波十四桥③。

[注释]

①垂虹:即垂虹桥,北宋时建在江苏吴县,乃当时三吴胜景之一。

②小红:顺阳公范成大之家伎,曾与姜夔一道为《疏影》《暗

香》二阕新词把琴、吹箫而歌之。

③十四桥:不一定实指,极言"松陵路"之长。

[点评]

　　本诗是姜夔带着小红从范成大别墅所在的石湖回归湖州过垂虹桥时所写,表现了姜夔"自作新词韵最娇,意外载得美人归"的自豪之感与兴奋之情。诗中首句的"韵最娇"三字,既是白石对诗作的自许,也是他自得之情的外溢。次句定格表现老年词人与妙龄歌伎这次红颜白发的成功配合,该是一段妙不可言的文坛佳话。

扬州慢

姜　夔

　　淮左名都①,竹西佳处②,解鞍少驻初程③。过春风十里,尽荠麦青青。自胡马窥江去后④,废池乔木,犹厌言兵。渐黄昏、清角吹寒,都在空城。

　　杜郎俊赏⑤,算而今、重到须惊。纵豆蔻词工,青楼梦好,难赋深情。二十四桥仍在⑥,波心荡、冷月无声。念桥边红药⑦,年年知为谁生?

[注释]

①淮左名都：扬州位居淮水之东，故称。

②竹西：扬州蜀冈有亭曰竹西。

③初程：即刚刚开始的行程。

④胡马窥江：这里指金兵攻陷扬州事。

⑤杜郎：即杜牧。

⑥二十四桥：扬州在唐代时曾有二十四座桥，至北宋时已经只剩了七座。这里并非实指。

⑦红药：即芍药。

[点评]

　　姜白石精于音乐，善于自度新声——本词就是他早期初到扬州时的一首优秀的自度作品。全词明显具有这样几个突出的艺术特点：

　　一、虚实结合。如上阕一起三句，"淮左名都，竹西佳处"自虚笔开篇，而"解鞍少驻初程"却已落到实处；以下的"过春风十里"为虚，"尽荠麦青青"则为实；"自胡马窥江……犹厌言兵"为虚，"渐黄昏……都在空城"为实；"杜郎俊赏……难赋深情"为虚，"二十四桥……冷月无声"为实；而歇拍的"念桥边红药，年年知为谁生"则又将实化虚，给读者留下情感性的想象空间。

　　二、情景交融。本词最经典的情景交融，如上阕中的"过春风十里，尽荠麦青青"和"渐黄昏、清角吹寒，都在空城"，词人似乎只是进行不动声色的客观描写，实际上早已将自己的感情深深地融入里边。

三、对比描写。本词的对比描写主要表现为：一是相同时间不同景象的对比，如"春风十里"与"荠麦青青"的对比，将春风浩荡与荒芜凄凉如此无情地组合在一起，产生一种无以言说的凄惨效果。二是今昔对比，如"胡马窥江"前后的对比，将昔日的繁华与今日的破败进行比照，更显出作者内心哀痛情感之深刻；三是情景对比，如"渐黄昏、清角吹寒"与"波心荡、冷月无声"，就两个特定的时间情景进行比较，笔致清绝哀婉。

四、拟人化手法的运用。如"胡马窥江""犹厌言兵""冷月无声""红药知为谁生"，等等。作为一位著名词人，白石先生能够在一首作品中容纳多种修辞方法，使作品主题达到一种凄美超凡的艺术境界，不能不可谓词中圣手矣！

沙湖晚归

朱德润

山野低回落雁斜，炊烟茅屋起平沙。

橹声归去浪痕浅，摇动一滩红蓼花。

[点评]

我们从诗句所提供的信息中可以推断，本诗所写乃为一天的傍晚景色：首句的山野在"落雁斜"中"低回"旋转，次句的"茅屋"在袅袅"炊烟"中起自"平沙"——这一上一下、一回一起的描写,很像电影中的摇动镜头一样,非常令人感动。三、四两句将镜头从大处拉回,对准沙湖来了一个特写:橹声归去,言有人刚刚在此送别;蓼花摇动,言山水多情之恋。一首小诗写得如此情致婉切,岂不妙乎?

精忠报国

留取丹心照汗青

渔家傲

范仲淹

塞下秋来风景异,衡阳雁去无留意①。四面边声连角起。千嶂里,长烟落日孤城闭。　　浊酒一杯家万里,燕然未勒归无计②!羌管悠悠霜满地③。人不寐,将军白发征夫泪。

[注释]

①衡阳雁去:衡阳在今湖南省南部。据传说,大雁在每年冬天南飞至此即回,这里至今仍有回雁峰等古迹。

②燕然未勒:燕然即燕然山,又名杭爱山,在今蒙古国境内。东汉元年,大将窦宪与耿秉在此击败北匈奴后,登燕然山勒石而归。

③羌管:即羌笛。

[点评]

这是一首沉郁悲壮、千古流传的绝妙好词。

上阕主要表现边塞战区的"风景异":词人先后将"秋""雁""边声""千嶂""长烟""落日""孤城"等主要的特色景物,用"来""去""无""连""起""闭"等动词进行一系列特定的排列组合,层层重叠地描绘出一幅幅萧瑟、荒凉、悲壮、动人的边城秋色图。下阕主要表现边塞将军的"人不寐":词人顺序将"浊酒一杯""家""燕然""羌管""霜""白发""征夫泪"等有关的特色事物,用"未勒""归""悠悠""满地"等动词加以着意的联系,就使戍边将军心中浓重的乡愁和无法凯旋的苦闷心情得到了形象生动的反映。本词充溢的悲凉情调和人生感慨,至今犹能给读者以深深的感染。

夏日绝句

李清照

生当作人杰,死亦为鬼雄。

至今思项羽①,不肯过江东。

[注释]

①项羽:秦末农民义军将领,秦亡后曾自封为西楚霸王。在楚汉战争中为刘邦所败,从垓下突围后,因自感愧对江东父老而自刎于乌江江边。

[点评]

什么是女中豪杰?这才是!什么是巾帼英雄?这才是!

从这首诗来看,李清照不是一位仅仅会写"凄凄惨惨戚戚"的弱女子,更是胜过须眉伟丈夫!正当金人大举入侵、北宋岌岌可危的国破家亡之际,这位才女拍案而起了,用她纤弱的笔写下了这首豪情万丈、雄冠千古的《夏日绝句》。相形之下,当时投降派中的赵构、秦桧等"男人"之流,不仅可恨、可耻,甚至显得非常的可怜了。

满江红

写　怀

岳　飞

怒发冲冠①,凭栏处、潇潇雨歇。抬望眼、仰天长啸②,壮怀激烈。三十功名尘与土③,八千里路云和月④。莫等闲,白了少年头⑤,空悲切。　　靖康耻⑥,犹未雪;臣子恨,何时灭? 驾长车、踏破贺兰山缺⑦。壮志饥餐胡虏肉,笑谈渴饮匈奴血⑧。待从头收拾旧山河,朝天阙⑨!

[注释]

①怒发冲冠:因愤怒头发把帽子(冠)顶了起来。
②长啸:古人常常高声长叫借以发泄胸中的郁闷之气。
③"三十"句:岳飞当时刚刚年过三十,他把自己所建立的功业视为粪土一样微不足道。
④"八千"句:岳飞所追求的是纵横万里,驰骋疆场,为国而

战。

⑤等闲:随便,轻易。

⑥靖康耻:宋钦宗靖康二年(1127年),金国大举南侵并攻克汴梁,徽钦二帝被掳,象征着北宋的灭亡。

⑦贺兰山:位于今宁夏、内蒙交界处。

⑧"壮志"二句:这里表示对于敌人种种罪行的极度仇恨。

⑨天阙:古代皇宫之前的望楼,这里代指君王。

[点评]

　　"精忠报国"是岳飞生前的誓言,同时也是他身后的象征。而这首词,就是岳飞自己对于"精忠报国"深刻内涵的最好阐释。

　　词的上片,开篇就连续描写了"冲冠""凭栏""抬望""仰天""长啸"等一系列的动作,喷发式地表达了词人气冲斗牛、气贯长虹的壮志雄心和豪迈气概。"三十功名尘与土,八千里路云和月"两句,是他建功立业、报效祖国强烈愿望的诗意表达与形象描写。歇拍的"莫等闲,白了少年头,空悲切"之句,则早已成为激励后进的千古警句并广为流传。过片的"靖康耻,犹未雪;臣子恨,何时灭"四个短句,不仅在艺术结构上承前启后,而且在思想内容上已将作者的个人功名与整个国家的安危紧密地联系在一起:即上片写个人功名,下片写国家安危。实际上,岳飞一生所追求的功名,根本不是他个人的登坛拜将、封妻荫子,而是早就雄心勃勃于迎还徽钦二帝、恢复中原河山。

水调歌头

闻采石矶战胜①

张孝祥

雪洗虏尘静,风约楚云留②。何人为写悲壮?吹角古城楼。湖海平生豪气,关塞如今风景,剪烛看吴钩③。剩喜燃犀处④,骇浪与天浮。　　忆当年,周与谢⑤,富春秋。小乔初嫁⑥,香囊未解⑦,勋业故优游。赤壁矶头落照,淝水桥边衰草,渺渺唤人愁⑧。我欲乘风去,击楫誓中流⑨。

[注释]

①采石矶战胜:指虞允文在宋高宗绍兴三十一年于采石矶督舟师战胜金主完颜亮之事。

②风约楚云留:作者当时在抚州,未能亲自参战。因为抚州旧属楚地,故云。

③吴钩:古代吴地制造的一种弯形宝刀。

④燃犀:即照妖之意。

⑤周与谢:即周瑜与谢玄。周瑜曾与刘备联合,在长江赤壁大胜北方的来犯之敌曹操;谢玄曾在淝水大胜北方的来犯之敌符坚。就在水上击败北方的来犯之敌这一点,虞允文的采石矶之战与他们有着很多的相似之处。

⑥小乔初嫁：吴国乔玄的两个女儿大乔和小乔，都有倾城倾国之貌。大乔嫁给了孙策，小乔嫁给了周瑜。

⑦香囊未解：谢玄年轻时爱好佩戴香囊。

⑧淝水桥：这里代指"淝水之战"。渺渺：辽阔而遥远。

⑨击楫：形容某人的慷慨志向。

[点评]

　　这是一首高亢的欢庆胜利的祝捷之歌。

　　上阕基本包含三层意思：起句"雪洗虏尘静，风约楚云留"为第一层，首先写采石矶之战大捷，写自己因为没有接到皇帝的命令而未能参战，言语之外流露出无比的遗憾。从"何人为写悲壮"到"剪烛看吴钩"为第二层，写自己虽然未能参战，但还是为我军的胜利感到无比兴奋，并在"吹角古城楼"的背景之下赋此词以表示庆祝。"湖海平生豪气"以下三句，写自己取出久已不用的"吴钩"于灯下观看——此情此景，不仅令人想起后来者辛弃疾《破阵子》中"醉里挑灯看剑，梦回吹角连营"的著名词句，二者同样具有随时准备为国杀敌的壮志雄心。歇拍两句为第三层，用一个"燃犀"的典故，写出了自己对于彻底战胜金军的信心。

　　下阕也有三层意思：过片的"忆当年，周与谢，富春秋"三句为第一层，写词人想起了周瑜和谢玄两个古代的英雄。第二层从"小乔初嫁"到"渺渺唤人愁"六句，通过分别赞颂少年周瑜和谢玄当年建功立业时的英雄气概，来衬托自己至今仍然没有功名的伤感。尽管如此，词人并没有任何的颓丧，继续写出自己抗击侵略的远大抱负——也就是本词下阕的第三层意思："我欲乘风去，击楫誓中流。"

水调歌头

平山堂用东坡韵^①

方 岳

秋雨一何碧？山色倚晴空。江南江北愁思，分付酒螺红^②。芦叶蓬舟千里，菰菜莼羹一梦^③，无语寄归鸿。醉眼渺河洛，遗恨夕阳中。　　萍洲外，山欲暝，敛眉峰。人间俯仰陈迹，叹息两仙翁^④。不见当时杨柳^⑤，又是从前烟雨，磨灭几英雄？天地一孤啸，匹马又西风。

[注释]

①平山堂：欧阳修当年在扬州时所修。苏轼曾有《水调歌头·黄州快哉亭赠张偓佺》词一首，方岳本词即用东坡原韵。

②酒螺红：指红螺酒杯。

③菰菜莼羹：据《晋书·张翰传》载，当时在洛阳做官的江浙人张季鹰，每到洛阳城里秋风一起，便不由自主地想到家乡美味的鲈鱼、菰菜和莼羹，实际上是作者颇有弃官归隐之意。

④两仙翁：指醉翁欧阳修和坡仙苏轼。

⑤杨柳：欧阳修当时修建平山堂之后，还在堂内亲植柳树，被后人亲切地称为"欧公柳"。

[点评]

　　本词名为吊古,实为伤时。在上阕,作者先写在一场秋雨初晴之后来到北宋先贤的遗迹平山堂上,心头布满了"江南江北愁思",并且不由得借酒浇愁。以下的"芦叶""蓬舟""菰菜""莼羹",是作者的江南之愁,而"河洛""遗恨",则是作者的江北之愁——而无论是江南之愁或者江北之愁,都不是作者的一己私愁。那么又是什么让他如此发愁呢?本词下阕写道:"人间俯仰陈迹,叹息两仙翁……又是从前烟雨,磨灭几英雄?天地一孤啸,匹马又西风。"作为北宋空怀大志的"两仙翁",欧阳修和苏轼先后屡屡遭贬,不得一展鸿愿——而历史上像他们这样为"风雨"所"磨灭"的"英雄"人物,谁知道又有多少呢?全词歇拍,卒章显志,更充分表现了作者孤傲不驯、矢志不移的品性。

过零丁洋①

文天祥

辛苦遭逢起一经,干戈寥落四周星②。

山河破碎风飘絮,身世浮沉雨打萍。

惶恐滩头说惶恐,零丁洋里叹零丁③。

人生自古谁无死?留取丹心照汗青④。

①零丁洋:即今广东省中山县南边的海面。

②起一经:指诗人于宝祐四年应科举考试中明经第一名,也指通过十年寒窗、苦读经书而博取功名。四周星:作者从德祐元年起兵勤王到祥兴元年被金兵俘获北上,恰恰为四年。星在这里指岁星。

③惶恐滩:在江西赣江上由万安到赣州一段十八个滩头中最为险恶的一个即为惶恐滩。原名"黄公滩",后由于音近而讹称"惶恐滩"。零丁:同"伶仃"。

④汗青:古人在竹简上写字之前,须将竹简用火烤干水分,既易于书写又可防虫蛀。这个过程被称为"汗青",后来也用为成书之意。

[点评]

　　本诗是南宋民族英雄文天祥最为著名的诗篇之一。当时,身为宰相但已经兵败被俘的他,被叛徒、金军统帅张弘范威逼劝说另一位正在崖山御敌勤王的将领张世杰弃城投降,他便以这首诗给张弘范以坚决的回击。

　　当年,正是南宋灭亡前的最后一年。在面临家国衰败、生死存亡的紧要关头,诗的首联从个人和国家的两件大事写起。"辛苦遭逢起一经",既写自己通过十年寒窗、熟读经书而考取状元之"辛苦",又写国家抗击入侵、而今已经濒临危亡之"遭逢"。德祐元年正月,文天祥捐出全部家财做军费进行抗金活动,至祥兴元年兵败被俘恰恰四年;而"干戈寥落四周星",就是四年来国家整个局势四面败落的最好写照。颔联承上而来,用鲜明的形象、挚烈的感情、贴切的比喻、工稳的对仗,分别突出描写首联中的"遭逢""寥落":正因为"山河破碎"如"风飘絮",才使得"身世浮沉"似"雨打萍"——在这里,个人的命运与国家的危亡已经紧紧地连在了一起。颈联是最富有感情色彩的名联:诗人曾经先后两过"惶恐滩",而现在已是今非昔比,已经从原来仅仅对急流险滩的"惶恐"转为对国家命运的深深"惶恐";诗人虽然初过"零丁洋",但是也已成为对自己抗金失败并被俘之后"孤苦零丁"的慨叹——诗人将"惶恐滩"与"零丁洋"两个地名自然相对,眼前的凄凉景况与心中的凄风苦雨交融一起而不可分,堪称诗家之绝唱矣!由于前边六句的充分渲染与铺垫,诗人将尾联一笔振起并形成全诗的最高潮:"人生自古谁无死?留取丹心照汗青。"其气势之磅礴、气节之高亢、气度之从容,化作一曲誓死不屈、千古不朽的英雄壮歌,古往今来不知影响多少仁人志士为国家、民族而慷慨就义,视死如归。

此后不久的二十来天,南宋王朝随着崖山的陷落和陆秀夫的负帝蹈海而灭亡。于是,张弘范在崖山的一块大石上刻书曰:"张弘范灭宋于此。"因为张弘范乃南宋叛徒,所以有人在此话之前加了一个"宋"字,使之成为"宋张弘范灭宋于此"。再后来,更有人在大石上另外刻书道:"勒功奇石张弘范,不是胡儿是汉儿。"历史是如此的公正,卖国求荣者终将被钉在历史的耻辱柱上。

寒　菊

郑思肖

花开不并百花丛，独立疏篱趣未穷。

宁可枝头抱香死，何曾吹落北风中？

[点评]

这是一首十分著名的绝句。第一、二句从写花入题，但并没有直接写花："花开不并百花丛"——不仅从侧面点出花开季节不是在万紫千红的春天或者夏季，而且写出了此花孤傲的品行与性格；"独立疏篱趣未穷"，一下使人想起了陶潜"采菊东篱下，悠然见南山"的境界。第三、四句从写花转向写人："宁可枝头抱香死，何曾吹落北风中？"可谓古今描写菊花最形象、最生动、最深刻的诗句了。菊花花期之后，一般都会干化枯萎在枝头之上，却不会轻易被秋风吹落在地。而诗句真正的含义是：在经历国家灭亡、山河破碎之后，我就像一朵经受寒霜而凋残的菊花一样，宁愿自己抱香而死，怎么能为秋风吹落、随秋风飘零呢？

在最后两句诗中，请注意"北风"二字：表面上是指从北方吹来的寒风，实际上是指从北国入侵而来的金人。诗人借用"北方"和"北国"在北方方位上的相同，将"北国"指斥为萧飒的"北风"，巧妙地表达了自己"宁为玉碎，不为瓦全"的爱国情怀。第三句"抱香死"中的"抱"字堪为诗眼,因为它不仅使枯化枝头的菊花形象具有了一种主观的品格与气质,而且使诗人自己的精神气节无言地跃然纸上。

感慨人生

流水落花春去也

浪淘沙

李　煜

帘外雨潺潺，春意阑珊。罗衾不耐五更寒。梦里不知身是客，一晌贪欢。　　独自莫凭栏。无限江山。别时容易见时难。流水落花春去也，天上人间。

[点评]

本词上阕所写，实际上好像一个特写镜头：在一个夜雨绵绵的春夜，词人独自辗转于五更寒寂的罗衾之中。他回忆着自己刚才无限欢娱的梦境，细听着帘外潺潺不断的雨声，竟然忘记了自己作为一个"阶下之囚"的真实身份。而下阕却是词人梦醒之后无奈的独语：当自己一个人的时候，最好不要再凭栏眺远。原来那数千里的锦绣江山，离别时看来是那样的容易、简单，然而再想重新回去，却已是千难万难了——正像那东去的流水、飘零的落花一样不再复返，真可谓昨是今非两重天啊！

乌夜啼

李 煜

　　林花谢了春红，太匆匆！常恨朝来寒雨晚来风。　　胭脂泪，留人醉，几时重？自是人生常恨水长东。

[点评]

　　李煜在亡国之后的词作，不仅韵味极浓，充满了切肤之痛，而且用语极白，到千年之后的今天都通俗得像口语一样——殊不知这是一种境界，是一种至高至纯的文学境界，并不是一般词人可以随便达到的。

　　如这首小令，其语言几乎就是原汁原味的口语，表面上很淡，淡得似一杯白开水，但实际上很浓，浓到简直化不开。它的每一句、每一字，都可以单独地作为经典去读。读一遍不行读两遍，读两遍不行读三遍，读三遍不行就十遍八遍地读下去，并且一代人、两代人、三代人地读下去直至永远——因为它浓缩了太多的人生精华，凝聚了太多的人生感悟！

　　有些人以为，诗词只是少数人的专利，只能由个别人去写、去读，读不懂就是因为读者的欣赏水平有限。这种说法对吗？当然不对！即如李煜这首被囚之后的词作，从创作的角度而言并非只为别人阅读而写，他完全可以写得晦涩难懂,可以让人不知所云——这或许能够迷惑宋代当局以保全自己的性命。但是他没有,他那满腹的亡国之恨、一腔的思乡之愁、不尽的难言之苦,在这短短的一首小令之中得以委婉而深刻、言浅而意丰的艺术表达。由此可见,那些别人读不懂的作品,并不是读者的欣赏水平问题,恰恰是作者本人的艺术表现方法或表现能力有问题,恰恰说明是作者自己的作品还没有达到可以脍炙人口、千秋不朽的标准,怎能去怪别人?

呈寇公

(二首选一)

蒨 桃

一曲清歌一束绫,美人犹自意嫌轻。

不知织女萤窗下,几度抛梭织得成?

[点评]

作为宋代的一位开国重臣,尽管寇准乃当时比较正直、相当著名的宰相,但是其生活还是十分奢侈的。而尤为难得的,是寇公有这样一位卓有识见、敢于直言的侍妾——蒨桃。本诗将现实生活中的“歌女”与神话中的“织女”通过“绢绫”进行比较,揭示出不平等、不合理的社会现象,表现了她的正义感和同情心。如此看来,寇公还是很有胸怀的,他不仅能够听得进蒨桃这些善意的劝言,而且还能够从善如流——否则,蒨桃无论如何是不敢写这样的"谏诗"的。

仅仅一首七言绝句,作者就能从"美人"与"织女"的比较中道出如此深刻的社会哲理,也可见蒨桃绝非一般的侍妾可比了。

江上渔者

范仲淹

江上往来人,但爱鲈鱼美。

君看一叶舟,出没风波里。

[点评]

本诗以极为关切的同情之心、十分朴实的生动语言,通过一种大拙大巧的艺术方法,对江岸之上那无数的"往来人"与"风波里"的"一叶舟",在数量上的多与寡、环境上的安全与风险以及感觉上的美与苦等方面,进行了看似无意、实则有意地对比描写。

天仙子

时为嘉禾小倅①，以病眠，不赴府会

张　先

水调数声持酒听②，午醉醒来愁未醒。送春春去几时回？临晚镜，伤流景，往事后期空记省。

沙上并禽池上暝③，云破月来花弄影。重重帘幕密遮灯，风不定，人初静，明日落红应满径。

[注释]

①嘉禾：即今浙江嘉兴市，时为南宋府名。小倅(cuì)：小官。
②水调：传为隋炀帝开凿运河时所自制之曲，颇流行。
③暝(míng)：闭目。此句互文，意为沙岸上和池水上的"并禽"均已暝目而睡。多数选本将"暝"字写为"暝"，疑误，因为上阕中的"临晚镜"曾写到了时间已至日落之时，而"晚"与"暝"重复表达相同的时间是毫无必要的。

[点评]

本词按照时间顺序，从"午醉""晚镜""云破月来"到"人初静""明日"等，在进行不同时间、不同情景铺叙的同时，表现了词人一天之内的不同情感。

浣溪沙

晏 殊

一曲新词酒一杯。去年天气旧亭台。夕阳西下几时回？ 　　无可奈何花落去，似曾相识燕归来。小园香径独徘徊。

[点评]

这首《浣溪沙》之所以著名，之所以令人百读不厌，其原因主要在两个方面：

第一，本词所用语言几乎全是口中之语，所咏内容几乎全是眼前之景，所写情感无一不是心头之慨。尽管时代已经变化，历史已经发展，但是作者在作品中所设置的场景，却没有在读者的心中褪色，甚至还将要随着社会的前进而成为一个永不泯灭的"心灵收容所"。

第二，本词的情调，既不是激烈、激动，也不是落寞、失意，甚至不能准确地定位为"喜""怒""哀""乐"中的哪一种。而读者所体会到的，仅仅是一种淡淡的惆怅与感伤。但正是这种淡淡的惆怅与感伤，同时成就了作品艺术上的审美价值和读者心灵上的异代共鸣。

"无可奈何花落去，似曾相识燕归来"两句，是本词最为引人注目的亮点，也是最受读者欢迎的名句。全词在不经意中表达出的情景,好像具有某种象征,也好像从生活中抽象出来的情感符号……而"小园香径独徘徊"的词人,似乎至今依然在向读者进行着某种永远也"说不清,道不明"的感情暗示——唯因如此,本词才具有如此无穷无尽的艺术魅力。

浪淘沙

欧阳修

把酒祝东风,且共从容。垂杨紫陌洛城东。总是当时携手处,游遍芳丛。　　聚散苦匆匆。此恨无穷。今年花胜去年红。可惜明年花更好,知与谁同?

[点评]

"把酒祝东风",给读者一种"祝酒辞"的心理期待,以下"且共从容"四字就使这种期待起了第一层波澜。再下三句,词人回忆与"她"当时的"携手同游"之处,心中不免惆怅不已。过片是词人"感慨"人生"聚散匆匆"的第二个波澜:不仅"苦",而且"恨",而且"恨无穷"——可见词人对于"聚散"感慨之深。"今年花胜去年红"以下三句,将"去年""今年""明年"进行递进性"花红"比较,并逼出心中最最不愿道破的疑问:"知与谁同?"这使煞拍成为全词的第三个波澜。

本词以"酒"起句,全篇主要写一个"别"字,突出一个"苦"字,感慨一个"恨"字,暗藏一个"惜"字,将抒情、叙事、写景真正地融为一体,创造出一个具有高度概括性、哲理性的艺术境界。

满庭芳

秦 观

山抹微云,天连衰草,画角声断谯门。暂停征棹,聊共引离樽。多少蓬莱旧事,空回首,烟霭纷纷。斜阳外,寒鸦万点,流水绕孤村。　　销魂!当此际,香囊暗解,罗带轻分。漫赢得青楼,薄幸名存。此去何时见也?锦袖上、空惹啼痕。伤情处,高城望断,灯火已黄昏。

[点评]

此词本是一首咏叹离情别绪之作。之所以将其类分为"感慨人生",是因为作者借分别而抒发"感慨"的场景太经典了。

作为全词的起句,"山抹微云,天连衰草"八个字对仗而出,烘托了一个暮霭苍茫、愁容惨淡的景象,为全词奠定了一个"画"中作别的基调。而"画角声断谯门"一句,更为这个场景增添了一种情感上的凄凉气氛。上阕歇拍最为精彩:"斜阳外,寒鸦万点,流水绕孤村"——只一个"绕"字,便使远山之外的斜阳、暮色之中的寒鸦、孤村之旁的流水、流水之畔的孤村,全都有了生命的动感和灵魂的寄托。此时此刻,词人那种"极度悲伤、特别烦恼"之情也随之化作了一种永不泯灭的极美之境、凄美之画。

　　过片的"销魂"承上而来。而"当此际"以下至"薄幸名存"一段,仅仅是一种隐喻性写法,实际上是词人伤心于官场之后一种愤恨情绪的抒发。如果从上阕来看,"锦袖上、空惹啼痕"两句,应是词人此时相当伤心的一个细节。如果从作品"隐喻性"的意义来理解,这两句似乎属于一种艺术上的场景虚拟。而歇拍的"伤情处,高城望断,灯火已黄昏",则进一步照应上阕歇拍所表达的暮色概念,使全篇在"灯火黄昏"中笼罩上一层更为忧凄伤感的氛围——直至梦中。

鹧鸪天①

贺　铸

重过阊门万事非②,同来何事不同归？梧桐半死清霜后,头白鸳鸯失伴飞。　　原上草,露初晞③,旧栖新垄两依依。空床卧听南窗雨,谁复挑灯夜补衣？

[注释]

①鹧鸪天:又名《半死桐》。

②阊门:即苏州,词人夫妇曾经同住苏州,后妻子病逝于此。

③晞(xī):意为"晒干"。

[点评]

　　这是一首著名的悼亡之作。上阕:重到阊门之时已经物是人非,词人即景生情,连用"梧桐半死"和"鸳鸯失伴"两个比喻,生动而深刻地表达了他的丧妻之痛。下阕:先是慨叹人生正如那薤上之露一样短暂,进而面对旧居新坟伤痛不已。煞拍写词人独宿孤床之时卧听窗外淅淅沥沥的雨声,不复有人再为他深夜挑灯缝制衣裳——凄凉之景、寂寞之状、痛苦之情至此已难以复加矣。

词人贺铸一生飘零,仕途坎坷。其夫人赵氏乃宗室千金,所幸能与之同甘共苦,对之体贴入微。正因为如此,当夫人病逝之后才更引起他的无限哀伤。丧妻之痛,益增其身世之悲;空床之苦,更添其伤感之情。同时,词人选用这一词牌(又名《半死桐》)并以本意赋之,血泪之声当与苏东坡的悼亡之作《江城子·十年生死两茫茫》并冠于宋代词坛。

水调歌头

叶梦得

秋色渐将晚,霜信报黄花。小窗低户深映,微路绕欹斜①。为问山翁何事,坐看流年轻度,拼却鬓双华?徙倚望沧海②,天净水明霞。　　念平昔,空飘荡,遍天涯。归来三径重扫③,松竹本吾家。却恨悲风时起,冉冉云间新掩,边马怨胡笳④。谁似东山老⑤,谈笑净胡沙⑥。

[注释]

①欹(qī):歪斜,倾斜。
②徙(xǐ)倚:低回流连之意。
③三径:这里代指归隐田园。

④胡笳:我国北方民族常见的一种类似笛子的乐器,因产于胡人地区故名"胡笳"。

⑤东山老:东晋谢安(字安石)曾隐居东山,故此人称谢安为"东山老"。

⑥胡沙:即胡尘。

[点评]

作为一位抗金志士,词人的这首晚年之作几乎抒写了自己的平生情怀。上阕前四句主要描写秋景:在一个秋天的傍晚,词人在他简陋的小屋之内欣赏着附近雅洁而富有情调的景色。接下来的三句反问,慨叹自己无所事事,流年虚度,至今已经双鬓斑白了。"徙倚"两句,词人揭示自己晚年退居乌程卞山(今浙江吴兴县)的因由——留恋这里的山水风光。而词人的这种留恋,并不是真正意义上的"归隐",其实是一种志向不得伸发、抗金无法如愿的自我"放逐"而已。

如若不信,请看下阕:过片三句,以"念"字回叙平昔,以"空"字叹息无功,以"遍"字喻指飘荡,言语之间已"飘荡"出词人心中的凄怆悲凉之气。接下来的"松竹本吾家"之句,表面上是写词人得以重归田园的喜悦,实际上却是"以喜衬悲"的写法——要知道,北上抗金才是词人真正的终生志愿啊!再接下来三句,词人终于无法压抑自己的激情,直呼"恨悲风"而"怨胡笳",表现了词人老而弥壮的一颗爱国之心。煞拍点题,用一个"东山老"的故事,继续对朝廷、对抗金寄予了无限的期望。

相见欢

朱敦儒

金陵城上西楼①,倚清秋。万里夕阳垂地、大江流。　　中原乱,簪缨散②,几时收。试倩悲风吹泪、过扬州③。

[注释]

①金陵:南京的别称。

②簪(zān)缨:簪和缨都是古代达官贵人用以固定发髻或高冠的饰品,多用玉石、金属制成。

③倩(qìng):请人替自己做事。扬州:当时为南宋抗金前线。

[点评]

这是一首凭栏望远之作。上阕重在写景:作者在短短的十八个字中,不仅写明了凭栏的时间、地点,而且描画出一幅大江汹涌落夕阳的万里清秋图,气魄宏大,寄慨遥深。与杜甫"星垂平野阔,月涌大江流"的名句相比,更显现出一种凄清、萧瑟、没落的气象。下阕重在抒情:过片的三句六字,分别写出了相同时期不同阶层的不同情况。尤其是其中的"乱"字,高度概括了南宋政权因不思真正抗金而造成中原大地生灵涂炭、国破家亡的混乱局面。"散"字状画出江山沦丧之际宋王朝达官贵人们的一幅狼狈逃逸图,"收"字则凝聚着广大人民血泪难收的惨痛以及词人立志收复失地的呼声。但是,这种呼声既不仅是作者自己的,也是不容易实现的。所以,清醒的词人只能在煞拍中继续寄望于自己的想象了:那么,就让这呜咽的秋风将我这悲伤的泪水吹送到扬州抗金前线去吧!

醉花阴

重　阳

李清照

薄雾浓云愁永昼,瑞脑销金兽①。佳节又重阳,玉枕纱橱,半夜凉初透。　　东篱把酒黄昏后,有暗香盈袖。莫道不销魂,帘卷西风,人比黄花瘦②。

[注释]

①瑞脑:指熏香。金兽:兽形的香炉。
②黄花:即菊花。

[点评]

这是李清照的一首著名词作。重阳原本是一个携酒登高的传统节日,历代的文人骚客更是不会放弃对这个充满诗情画意之时的吟咏。唐代的著名诗人王维,就是因为重阳节外出不在家才写出了著名的绝句《九月九日忆山东兄弟》。

本词上阕,写作者整整"薄雾浓云"地愁了一天:词人不仅没有像过去那样前去登高,没有从烟云缭绕的香熏中感受到心情舒畅,甚至到了"半夜凉初透"之时仍然没有丝毫的兴奋迹象。下阕重点叙写"东篱把酒"之后的感觉:这天的黄昏时分,愁闷的词人来到东篱之下借酒浇愁,不料却突然觉得"有暗香盈袖"——此处的"暗香",既有可能是真实环境中的香风,也有可能是一种场景的虚拟。但无论其"真实"或者"虚拟",都为下文的煞拍作了坚实的铺垫。

具体而言,这三句之所以成为本词的点睛之笔,是因为其不仅曲尽柔情地表现了李清照对于丈夫赵明诚的深刻思念,而且独出心裁地将人与黄花比"瘦",绝妙地归结了全词所需要表达的精神内蕴,其凄怆、优美之感从此千古矣。

声声慢

李清照

寻寻觅觅,冷冷清清,凄凄惨惨戚戚。乍暖还寒时候,最难将息。三杯两盏淡酒,怎敌他、晚来风急!雁过也,正伤心,却是旧时相识。　满地黄花堆积,憔悴损,如今有谁堪摘?守着窗儿,独自怎生得黑!梧桐更兼细雨,到黄昏、点点滴滴。这次第,怎一个愁字了得!

[点评]

以北宋南迁和丈夫去世为界限,李清照的生活已从早期的优裕美满进入了晚年的孤寂凄凉。本词首先以"寻寻觅觅,冷冷清清,凄凄惨惨戚戚"十四个叠字开篇,创造性地把读者带进一种孤独、凄凉、忧郁、徘徊以及无奈的情绪之中。仅仅从艺术角度来说,这十四个叠字的魅力已如许多论者所述,但从心灵的角度而言,则是词人家忧国愁的真实写照。

正是在一个秋雨连绵的黄昏,词人以其口语化的语言,个性化的意象,心灵化的情感,进行了一次痛断肝肠的凄愁之旅,从而使得本词成为一首具有完美艺术价值和深刻思想意蕴的不朽之作。词中先后出现的"淡酒""晚风""过雁"

"黄花""窗儿""梧桐""细雨""黄昏"等意象,分别而言显得风马牛而不相及,但是在词人妙笔的驱使之下,统统以"点点滴滴"归结到一个"愁"字之上,便赋予了它们灵魂似的,灵动而多情地成就了词人当时凄惨情绪的最佳写照。需要指出的是,正由于词人的"家破"直接源自北宋的"国亡",个人生活的悲欢直接源自国家朝廷的兴衰,因而作品之中所表现出来的一切情感,已经与当时的时代遭际紧紧地连在了一起。

渔家傲

李清照

天接云涛连晓雾,星河欲转千帆舞。仿佛梦魂归帝所。闻天语,殷勤问我归何处? 我报路长嗟日暮,学诗漫有惊人句。九万里风鹏正举。风休住,蓬舟吹取三山去①。

[注释]

①三山:古代传说中的蓬莱三岛,即蓬莱、方丈、瀛洲。

[点评]

作为婉约派主要代表的女词人,李清照不仅能写含蓄委婉、哀愁幽怨的闺阁之作,而且能写粗犷雄奇、气概非常的豪放之作——这首《渔家傲》就是一个典型的例子。

也许,是时代的约束和精神的禁锢太重、太久了,是生活的苦痛和现实的哀愁太多、太深了,词人终于一反常态地浪漫了一回。本词不仅构思奇崛,能够上天入海,而且归天帝之所,得殷勤之问,更能够乘风御鹏,蓬舟扬帆,可谓潇洒至极!同时,词人还将诸多典故几乎不露痕迹融载于寥寥数十个字之中,使作品在深度、广度、高度、厚度等方面得以丰富,收到了强烈的艺术效果。

但是,浪漫毕竟只能在梦中。正是因为词人在现实生活中无穷无尽的愁苦,因为她在晚年生活中的痛苦遭际,才最终产生了这首风格绝然不同而感情绝对真实的豪放之作。所以,虽然词人能在作品中尽情地挥洒其艺术才华,而这一切却统统都是无法实现的梦想,岂不依然令人感到无限的失落与惆怅?

汴京纪事

（二十首选二）

刘子翚

梁园歌舞足风流①，美酒如刀解新愁。

忆得少年多乐事，夜深灯火上樊楼②。

辇毂繁华事可伤，师师垂老过湖湘③。

缕衣檀板无颜色④，一曲当时动帝王。

[注释]

①梁园：指开封。

②樊楼：北宋汴京城内七十二家酒楼中最著名的酒楼。

③师师：即北宋名妓李师师。

④檀板：由檀木制成的绰板，用于协调演唱者与音乐的节拍，因而又称"拍板"。这里代指师师所用乐器。

[点评]

　　诗人通过对北宋都城汴京当年繁华景象的追忆，反衬出而今南宋偏安局面的萧条与衰落。

约 客

赵师秀

黄梅时节家家雨,青草池塘处处蛙。

有约不来过夜半,闲敲棋子落灯花。

[点评]

　　本诗的首句和次句,分别写江南在黄梅时节的天气特点与环境特点——正是在这样淫雨连绵的天气里,诗人才有时间约请朋友到家中来。是谈心、议事抑或帮忙? 这里并没有进行交代。但是,不知道为什么,客人却没有如约前来。夜已过半,诗人仔细地听着窗外的丝丝雨声和阵阵蛙声,唯恐忽略了应该响起的叩门之声。尾句一个"闲敲棋子落灯花"的细节描写,将他对朋友期待的焦虑下意识地表现得十分微妙而逼真。此处的这个"闲"字,表面写他时间上的"清闲",其实恰恰反衬出"有约不来"之举给他心理上造成的无聊、失望与烦躁。

小重山

岳 飞

昨夜寒蛩不住鸣①。惊回千里梦,已三更。起来独自绕阶行。人悄悄,帘外月胧明。 白首为功名。旧山松竹老,阻归程。欲将心事付瑶筝。知音少,弦断有谁听?

[注释]

①寒蛩(qióng):即蟋蟀。

[点评]

作为著名的爱国志士,岳飞不仅能写《满江红·怒发冲冠》那样气壮河山的词作,而且能写《小重山》这样含蓄抒情的作品。

本词上片以虚笔开篇,虚中有实、实中有虚地烘托出一个静中蕴动、动中蕴静的氛围,委婉地表现了他始终不变的抗金志向。人被"寒蛩""惊梦",并不是说"蛩"声很大,而是强调"梦"境之轻。那么词人梦见了什么呢? 他没有写。

过片承接,一语带过自己数十年来为国建功立业、名标青史的不懈追求——如此功名,不仅仅是成家立业、光宗耀祖的个人功名。在当时来说，不是追求者多了，而是太少太少了。兼之南宋赵构、秦桧君臣的投降路线，使这种功名的追求者更显得可亲、可敬、可贵了。煞拍卒章显志，用一个"知音"的比喻，表达出词人的感慨与愤怒之情。从"阻归程"和"知音少"等表现中，读者仍可想象得出岳飞在当时投降国策之下南宋朝廷中的孤寂、凄苦与尴尬。

卜算子

严 蕊

不是爱风尘①，似被前缘误。花开花落自有时，总赖东君主②。　　去也终须去，住也如何住。若得山花插满头，莫问奴归处。

[注释]

①风尘：一般比喻污浊不堪、混乱不堪的低层社会生活，这里特指娼妓生涯。

②东君：原指日神，这里暗指清官，特别代指岳霖。

[点评]

本词的写作还有一个非常生动的背景：当时，词人为生活所迫沦落为一名军中营妓，并被此时的地方官员朱熹以有伤风化罪囚禁起来。后来岳霖继任朱熹并释放了她,词人就写了这首词以申诉自己生活的甘苦。

上阕开篇两句,词人首先申明自己并不甘心情愿于当前(营妓)的处境,而好像是被前世的缘分所误——这种对于命运的半信半疑,比起当时多数逆来顺受的妇女来说已经是相当可贵了。"花开花落"两句,则是对岳霖这位新任官员的希望——希望他能将自己拯救出来。笔到下阕,更是词人对于自己未来前程的辩证思考和对于自由生活的渴望。全词充分表达了词人作为一个被侮辱、被损害者的心声,塑造了一个堕入风尘者渴望理解、追求自由的生动形象。

宫　词

武　衍

梨花风动玉阑香,春色沉沉锁建章①。

惟有落红官不禁,尽教飞舞出宫墙。

[注释]

①建章:汉代有建章宫,这里代指皇宫。

[点评]

宫廷生活是过去诗人、词家们作品中的一个重要题材。这首诗起句描写"古行宫"的寂寥冷落,次句承写"宫花"因

"寂寞"而"红",喻指宫女们的寂寞年华。三、四两句叙写宫女们"闲坐"的一个细节,进而更表现了她们红颜憔悴、终身凄凉的无限感慨。而本诗通过"惟有落红官不禁,尽教飞舞出宫墙"两句,一语道破了唯有梨花难禁而宫人心中无春的痛苦心理。

沁园春

梦孚若①

刘克庄

何处相逢?登宝钗楼②,访铜雀台③。唤厨人斫就,东溟鲸脍④;圉人呈罢⑤,西极龙媒⑥。天下英雄,使君与曹⑦,余子谁堪共酒杯?车千辆,载燕南赵北,剑客奇才。　饮酣画鼓如雷⑧,谁信被晨鸡轻唤回⑨?叹年光过尽,功名未立;书生老去,机会方来。使李将军,过高皇帝,万户侯何足道哉⑩?披衣起,但凄凉感旧,慷慨生哀。

[注释]

①孚若:词人挚友方信儒,字孚若。他生前做过枢密院参谋官,曾出使金国而不畏威吓并因此名满天下。

②宝钗楼:汉武帝时在咸阳所建酒楼,到宋代仍是十分有名

之处。

③铜雀台:三国时期建安十五年曹操所建,在今河北临漳县。

④鲸脍:鲸鱼烹成的美味。

⑤围人:养马人。

⑥龙媒:指天马。

⑦使君与曹:三国时期,曹操曾与刘备煮酒论英雄:"天下英雄,惟使君与曹耳!"刘备也称刘使君。

⑧画鼓:一般指戏曲节目中的乐器,这里特指战场上的画角。

⑨晨鸡:化用"闻鸡起舞"的故事。

⑩"使李将军"等三句:西汉文帝时,文帝曾经对飞将军李广说:"如果你身当高皇帝时代,驰骋疆场,建功立业,万户侯岂足道哉?"李将军即李广,高皇帝即汉高祖刘邦。词人在这里借用文帝之话,对当朝君臣的怯懦无能进行辛辣讽刺。

[点评]

    正如词题所示,这是一首记梦之作。当然,词人记梦不是随意而记,而是有意而记。上阕从不知在"何处相逢"写起,极其铺张地描述了他与老友孚若"登""访""斫""呈""共酒杯"等一系列的"豪情壮举",最终归结在收复"燕南赵北"等旧国失地上,表现了词人仍然"老骥伏枥、志在千里"的雄心。过片"饮酣画鼓如雷"之句,既承接上阕梦中"煮酒论英雄"的情景,更开启下阕梦"被晨鸡轻唤回"之后的"慷慨"感叹,如"年光过尽,功名未立;书生老去,机会方来"等,尽是词人胸中的郁闷、块垒。而"使李将军,过高皇帝,万户侯何足道哉"等句,则更是对当朝无能昏聩君臣的辛辣讽刺与无情痛斥。

题临安邸^①

林 升

山外青山楼外楼,西湖歌舞几时休^②?

暖风熏得游人醉,直把杭州作汴州^③。

[注释]

①临安邸:临安即杭州,邸指官邸。宋建炎三年(1129 年),杭州被作为行宫升州为临安府。

②西湖歌舞:指南宋偏安一隅不思恢复却歌舞升平、醉生梦死的社会现象。

③汴州:即北宋故都汴京。

[点评]

　　本诗前两句,从空间上和时间上表现临安府的山重水复之美和亭台楼阁的豪华气派,给读者一种富贵安详、歌舞升平之感。但是,这一切无休无止的歌舞,并不是当时国家安定的标志、社会繁荣的象征,反而是那个不知羞耻的小皇帝粉饰太平、醉生梦死的证明。"暖风熏得游人醉,直把杭州作汴州"两句,是诗人在极度愤慨之下的深刻反讽,表现了一种可贵的忧患意识。

　　"暖风"二字双关,既是对江南自然热风的实写,又是对当时粉饰歌舞之风的贬斥。最关键的还是南宋小朝廷对这一偏安局面的"沉醉"，是他们把杭州想象为汴州的自我陶醉。常言道："生于忧患，死于安乐。"从这个意义来说，南宋的灭亡应该是符合历史发展潮流的。

悟道诗

无名尼

尽日寻春不见春，芒鞋踏遍陇头云。

归来笑捻梅花嗅，春在枝头已十分。

[点评]

本诗很有禅家悟道的意味。第一联的"尽日寻春不见春，芒鞋踏遍陇头云"，与苏轼的"不识庐山真面目，只缘身在此山中"一样，包含着一种哲理在里面。第二联的"归来笑捻梅花嗅，春在枝头已十分"，定格了一个非常形象的画面：有个年轻俊俏的尼姑，手捻枝头梅花鼻嗅而笑——而尼姑的笑脸，不是已经与梅花一样迎春开放了吗？

夜 坐

文天祥

淡烟枫叶路,细雨蓼花时。

宿雁半江画,寒蛩四壁诗。

少年成老大,吾道付逶迤。

终有剑心在,闻鸡坐欲迟。

[点评]

民族英雄文天祥这首五律,表现了他的一种无奈之情。时当秋雨绵绵之季,夜宿之雁半江如画,寒鸣之蛩四壁入诗。此时此刻的诗人,想起自己从一个"壮志少年"到一个"鬓衰老大",不仅感慨万千:我作为一朝丞相,徒有一腔统一祖国、恢复中原的志向、热血,眼看着一天天地成为过眼云烟了啊!怎能不"老大徒伤悲"呢?不过,诗人又想到:只要自己心中复仇的火焰不熄,终有一天是能够实现这个伟大理想的。然而,最后的一句"闻鸡坐欲迟",却又流露出诗人犹疑、徘徊的心态。

虞美人

听 雨

蒋 捷

少年听雨歌楼上,红烛昏罗帐。壮年听雨客舟中。江阔云低断雁叫西风。　　而今听雨僧庐下,鬓已星星也! 悲欢离合总无情。一任阶前点滴到天明。

[点评]

蒋捷的这首词,在创作方法上与辛弃疾当年的《丑奴儿·书博山道中》基本相同,也是利用上下片相同的艺术结构来进行不同的形象比较,以达到强烈的艺术效果。辛弃疾的《丑奴儿·书博山道中》是这样写的:"少年不识愁滋味,爱上层楼。爱上层楼,为赋新词强说愁。　　而今识尽愁滋味,欲说还休。欲说还休,却道天凉好个秋!"如果要进行思想和艺术上的比较,两词有着这样一些不同:

一、辛词两片对比写"愁",蒋词两片对比写"雨"。

二、辛词写"愁",分"少年"和"而今"两个年龄段,前者几乎是年幼天真的无病呻吟,而后者则是谙练世故、思想痛苦之后的无以言说;蒋词写"雨"分浪漫轻狂的"少年"、逆旅奔波的"壮年"和寄寓僧庐的"而今"三个年龄段,将词人三个人生阶段的不同际遇分别给予生动而深刻的表现。

三、辛词中出现的主要地点只在"层楼"一处,蒋词中出现的地点有"歌楼""客舟"和"僧庐"三处。

四、辛词具有比较广泛的普遍意义,蒋词则具有更突出的个性特点。

五、辛词中的艺术形象突出而鲜明,蒋词则更着重艺术上的情景交融。

六、辛词的时代特色相对淡化些,蒋词时代特色相对更明显些。

然而,正是由于两位词人对于生活的不同理解和对于这种理解的各不相同的艺术表现,也才使得两首作品同时成为脍炙人口的不朽之作。

人月圆

吴　激

南朝千古伤心事,犹唱后庭花。旧时王谢,堂前燕子,飞向谁家?　　恍然一梦,仙肌胜雪,宫髻堆鸦。江州司马,青衫泪湿,同是天涯。

[点评]

本词最大的特点,是作者分别截取和化用前人的诗句或词句并重新组装成一首新词。比如开篇两句,就是从唐人杜牧的《泊秦淮》诗中化出:"烟笼寒水月笼沙,夜泊秦淮近酒家。商女不知亡国恨,隔江犹唱后庭花。"而"商女不知亡国恨"的感叹,含蓄而深沉地表达了诗人对于世风奢靡、国事衰败的忧虑。

本词上片的第三、四、五句,作者又化用了唐人刘禹锡的绝句《乌衣巷》。

对于身当南宋的本词作者吴激来说,这种风花雪月却已经成为他对于繁华往事的一种漫忆:"恍然一梦,仙肌胜雪,宫髻堆鸦。"下片词中的其情其景,与周邦彦笔下的情景何其相似。而结句的"江州司马,青衫泪湿,同是天涯"之意,则明显来自于唐人白居易《琵琶行》中句。而其意义,却已经发生了很大的变化。

尽管本词大量运用或化用了他人的成句,但是已经过了作者的艺术处理。即便无人指出这些成句的出处,读者仍然能够从中读出作者心中繁华不再的慨叹和泪湿青衫的无奈。

情怨深闺

断续寒砧断续风

捣练子

李　煜

深院静，小庭空，断续寒砧断续风。无奈夜长人不寐，数声和月到帘栊。

[点评]

所谓"捣练子"，是古代家庭生活中将由生丝织成的白绢在砧板上反复捶捣变软进而裁制衣服的一项重要内容。由于这种任务主要由妇女完成，也由于妇女常常需要为戍边的将士或客居的游子捣练制衣，"捣练子"便因此成为古代妇女思念良人的代名词。

这是一首本意小令。全词虽然只有五句二十七个字，却生动形象地烘托了当时"捣练"的环境、气氛，含蓄细腻地刻画了当时"捣练"的景物、心理。"寒砧"二字，既说明其时季候之初寒，也衬托人物心理之凄凉。"无奈"二字，既状出夜长不寐之难堪，也交代愁怨难遣之绵长。尤其本词出自一位亡国之君之手，这一方面表现了李煜超绝的诗词艺术，另一方面也寄托了词人对于他"梦里江山"的深切忆念。

减字木兰花①

秦 观

天涯旧恨，独自凄凉人不问。欲见回肠，断尽金炉小篆香。　　黛蛾长敛，任是春风吹不展。困倚危楼，过尽飞鸿字字愁。

[注释]

①减字木兰花：又称"减兰"，由词牌《木兰花》的第一、三、五、七句各减三字而成。双调共四十四字。

[点评]

本词上下阕，各自两句一组，组成一个完整的意象。"天涯旧恨，独自凄凉人不问"两句，言孤独凄凉时间之久；"欲见回肠，断尽金炉小篆香"两句，状炉香袅袅似九曲回肠；"黛蛾长敛，任是春风吹不展"两句，拟闺中人心上愁苦。

春　闺

元　淮

杏花零落燕泥香，闲立东风看夕阳。

倒把凤翘搔鬓影，一双蝴蝶过东墙。

[点评]

　　一位无聊的少妇，在一片"杏花零落"的"燕泥香"中"闲立东风看夕阳"。她真的是无聊了吗？不，诗的三、四两句还是泄露了这位少妇心灵的秘密：她把一支凤钗倒拿在手中烦闷地搔弄着鬓发，眼睛却直勾勾地盯着"一双蝴蝶过东墙"。其实，她的无聊不正是那个社会大多数闺中少妇怨愤的另一种反映形式吗？

目尽青天怀今古

酬唱揖别

卜算子

送鲍浩然之浙东

王 观

水是眼波横，山是眉峰聚。欲问行人去那边？眉峰盈盈处。 才始送春归，又送君归去。若到江南赶上春，千万和春住。

[点评]

把水比为"眼波横"，把山比为"眉峰聚"，这是一个新巧、奇妙的拟人化比喻，生动而且形象。上阕"欲问"一句，点出"送鲍浩然之浙东"的主题，并把"眉峰盈盈处"作为"浙东"的代指，词人可谓善于"以少胜多"。下阕突出来写一个"送"字："才始送春归，又送君归去。"在这里，词人将"春"与"君"同样视为自己的朋友来送，不仅使朋友顿生亲切温暖之感，而且继续写出"若到江南赶上春，千万和春住"的词句，送给朋友一腔前程似锦、光明灿烂的祝愿。

鹧鸪天

黄庭坚

黄菊枝头生晓寒,人生莫放酒杯干。风前横笛斜吹雨,醉里簪花倒着冠。　　身健在,且加餐,舞裙歌板尽清欢。黄花白发相牵挽,付与时人冷眼看。

[点评]

起拍的"黄菊枝头生晓寒"是借代,词人首先将"枝头"已"生晓寒"的"黄菊"借代为人生的秋天,便为全词奠定了一个心胸放达、洒脱不羁的情感基调。以下两句,如果说"风前横笛斜吹雨"还能够表现诗人"菊傲寒霜"般的风采的话,那么"醉里簪花倒着冠"则完全属于一种消极人生态度的表露。词到下阕,仍然是上阕情绪的延续。如过片,前后好像存在一种因果关系:"身健在,且加餐"的目的,也不过是"舞裙歌板尽清欢"而已。但这与煞拍的"黄花白发相牵挽,付与时人冷眼看",却又似乎自相矛盾——其实,人生本来就是充满着各种各样矛盾的。所以,对于盛名当时的"苏门四学士"之一的诗人黄庭坚来说,"风前横笛斜吹雨"才是他真正的内心思想本质。

玉楼春

戏林推

刘克庄

年年跃马长安市[1]，客舍似家家似寄。青钱换酒日无何，红烛呼卢宵不寐[2]。　　易挑锦妇机中字，难得玉人心下事[3]。男儿西北有神州，莫滴水西桥畔泪。

[注释]

①长安：这里以汉唐之都长安代指南宋的临安。

②呼卢：当时的一种赌博形式。削木为子五枚，分黑白两面，黑面画犊，白面画雉。如能掷得五子皆黑，称之为"卢"，可得头彩。因参赌者皆望掷得全黑，往往口中大声喊"卢"，故而称之为"呼卢"。

③"易挑"两句：挑，挑花纹。玉人，这里暗指妓女。此两句一写妻子对丈夫的忠贞不渝，一写妓女对客人的虚与委蛇，意在劝慰林推要珍惜家中妻子的一片真情。

[点评]

上阕起首的"年年跃马长安市，客舍似家家似寄"，写出了一个"官人"终日跃马长安、难得有闲在家的忙碌形象；而

"青钱换酒日无何,红烛呼卢宵不寐"两句,则把这种形象表现得有些寄情牌酒、浪荡不羁——这两种截然不同的形象为以下的描写作了情节上的铺垫。过片继续表现"官人"要"得玉人心下事"的一面,将其"浪荡不羁"的程度更推进一层。词到煞尾,作者才笔锋陡转,道出了其中的真情:"男儿西北有神州,莫滴水西桥畔泪。"这里的"西北有神州",就是长江以北的中原疆土。原来,词人以上所写的"官人"林推,实在是因为家园破碎、神州分裂而伤心无奈。所谓"莫滴水西桥畔泪",其实不知已经流了多少的亡国之泪。再细品词题上的一个"戏"字,原来是作者有意的正话反说:"戏"中不仅有苦,"戏"中尤其有泪啊!

风物歌吟

绿杨烟外晓寒轻

村　行

王禹偁

马穿山径菊初黄，信马悠悠野兴长。

万壑有声含晚籁，数峰无语立斜阳。

棠梨叶落胭脂色，荞麦花开白雪香。

何事吟馀忽惆怅？村桥远树似吾乡。

[点评]

在一个"白日依山尽"的傍晚，诗人自己信马由缰地行走在山径之上，心中不免萌生一种野兴。"万壑有声含晚籁，数峰无语立斜阳"两句，就像一幅有声有色的水墨图，造景由下而上，从深深的谷壑到高高的山峰——淡淡的，别致而又趣雅无穷。而"棠梨叶落胭脂色，荞麦花开白雪香"两句，又将镜头从远处放大到近处，使全诗的色彩更为鲜明和丰富起来。结联两句，忽然在扬扬得意的飘逸之中引入"惆怅"之感，说"村桥远树似吾乡"，其间包含了诗人对被贬他乡从而有家不得归的身世感叹。

山园小梅

林　逋

众芳摇落独暄妍，占尽风情向小园。

疏影横斜水清浅，暗香浮动月黄昏。

霜禽欲下先偷眼，粉蝶如知合断魂。

幸有微吟可相狎，不须檀板共金樽。

[点评]

这是一首脍炙人口的绝唱。颔联"疏影横斜水清浅，暗香浮动月黄昏"两句，极其生动地表现了梅花神韵超绝的气质以及神采丰逸的特点、神清气爽的俊雅和令人神魂颠倒的魅力。

破阵子

晏 殊

燕子来时新社,梨花落后清明。池上碧苔三四点,叶底黄鹂一两声,日长飞絮轻。 巧笑东邻女伴,采香径里逢迎。疑怪昨宵春梦好,原是今朝斗草赢,笑从双脸生。

[点评]

春光明媚,喜气洋洋,是这首词的基本情绪格调。上阕着重写景,起首两句分别以"燕子"和"梨花"点出"新社"与"清明"两个特定的节日,洋溢着妇女们无拘无束的青春活力,显示了她们对于美好生活的热爱与向往。下阕主要写人,通过"巧笑""逢迎""疑怪""斗草赢""笑从双脸生"等一连串的动作描写,表现出女性特有但平时难得有闲的欢乐气息。与其他反映妇女承受重重精神压抑和种种礼教约束的作品相比,本词具有一种难得的精神解放意义。

玉楼春

春 景

宋 祁

东城渐觉风光好，縠皱波纹迎客棹。绿杨烟外晓寒轻，红杏枝头春意闹。　　浮生常恨欢娱少，肯爱千金轻一笑？为君持酒劝斜阳，且向花间留晚照。

[点评]

本词上阕主要描写“风光好”，下阕重点表现“欢娱少”——词人通过他的生花妙笔，将一片春意盎然的风景与及时行乐的思想融会在一起，给我们留下了这首极具审美价值的词作。

蝶恋花

欧阳修

庭院深深深几许？杨柳堆烟，帘幕无重数。玉勒雕鞍游冶处^①，楼高不见章台路^②。　　雨横风狂三月暮，门掩黄昏，无计留春住。泪眼问花花不语，乱花飞过秋千去。

[注释]

①玉勒雕鞍：指由玉石做成的马衔和装饰有雕绘的马鞍，此处用以形容主人的华贵不凡。
②章台路：为汉代时期长安妓女集中居住的那条街的街名，后多以之代指妓院的所在。

[点评]

本词表面上是写深闺女子的情绪苦闷，实际上是写词人自己的政治失意。上阕的"庭院深深深几许"，既可理解为"侯门一入深似海"的两情相隔，也可理解为"一封朝奏九重天"的宫廷莫测。而煞拍的"泪眼问花花不语，乱花飞过秋千去"两句，既是怨妇对于自由、自主的向往，也是词人对于皇恩不泽的怨怼。

生查子①

元 夕

欧阳修

去年元夜时，花市灯如昼。月上柳梢头，人约黄昏后。

今年元夜时，月与灯依旧。不见去年人，泪满春衫袖。

[注释]

①一作朱淑真词。

[点评]

这首词之所以著名，主要是作者通过巧妙的对比手法，质朴而真切地表现了一对情侣在两个元夕之夜的不同景况。而"月上柳梢头，人约黄昏后"和"不见去年人，泪满春衫袖"的情感落差，不禁使人想起唐人崔护的绝句《题都城南庄》："去年今日此门中，人面桃花相映红。人面不知何处去，桃花依旧笑春风。"两个不同的朝代，两种不同的体裁，两个不同的场景，却表现得如此相似，可见人的情感是如此的相通啊！

题春晚

周敦颐

花落柴门掩夕晖，昏鸦数点傍林飞。

吟馀小立栏杆外，遥见樵渔一路归。

[点评]

　　本诗题为"春晚"，实际描写的也是"晚春"之景。一、二两句的"夕晖"和"昏鸦"，在纯然乡村景色的随意描画中，点明其时正是傍晚；而"花落"二字，又表明季节已经接近"晚春"。正当此时此刻，一位"吟馀"的诗人"小立"在"栏杆"之外，恰好看见村头一群相伴归来的樵夫渔人渐渐走近：静谧、安详的暮春、春晚景色中，却又有"柴门"在"掩"、"昏鸦"在"飞"、"樵渔"在"归"——好一幅动中寓静、静中有动的田园景象，给人一种非常亲切、故园温馨的感觉！

梅　花

王安石

墙角数枝梅,凌寒独自开。

遥知不是雪,为有暗香来。

[点评]

　　这首诗就像一幅素描。第一、二两句,只是客观而冷静的描写:在一个不起眼的墙角里,有几枝默然自开的梅花。第三、四两句,却突然别开境界:远远地看去,就知道那不是尚未融化的残雪,因为一种特殊的香气已经暗暗沁入你的肺腑。寥寥数句,已见出梅花的精神与品格。

元　日

王安石

爆竹声中一岁除,春风送暖入屠苏。

千门万户曈曈日,总把新桃换旧符。

这是目前所知最早描写"元日"(春节)的诗篇,记录了中国最大节日的最古老的传统风俗与风情。首句先声夺人,在阵阵的爆竹声中开启全篇;次句特写,化虚入实,让春风在屠苏酒的滋润下徐徐而来。三、四两句,写"曈曈"阳光之下的"千门万户"喜气洋洋地换上崭新的桃符和门神,寄寓了万千百姓对新年新气象、新年新感觉、新年新希望的无限向往。

清平乐

黄庭坚

春归何处?寂寞无行路。若有人知春去处,唤取归来同住。 春无踪迹谁知?除非问取黄鹂。百啭无人能解,因风飞过蔷薇。

[点评]

对于春天的呼唤,是古今诗人一个共同的话题。本词发出的"春归何处"之问,初感无理,复觉幼稚,仔细品味,才知道问得很妙。词人自己的回答是"寂寞无行路"。似乎有些太过消极了。所以,也只能在下阕中写道:"春无踪迹谁知?

除非问取黄鹂。百啭无人能解,因风飞过蔷薇。"由此可见:春无定踪,也无定所,在一百个人的心里会有一百个各不相同的形象。

兰陵王

柳

周邦彦

柳阴直,烟里丝丝弄碧。隋堤上①,曾见几番,拂水飘绵送行色?登临望故国。谁识,京华倦客?长亭路,年去岁来,应折柔条过千尺。　　闲寻旧踪迹。又趁酒哀弦②,灯照离席。梨花榆火催寒食③。愁一箭风快,半篙波暖,回头迢递便数驿,望人在天北。　　凄恻,恨堆积。渐别浦萦回④,津堠岑寂⑤。斜阳冉冉春无极。念月榭携手,露桥闻笛。沉思前事,似梦里,泪暗滴。

[注释]

①隋堤:隋炀帝为疏导汴水进入运河所修的汴河河堤。
②哀弦,指哀伤之弦。
③榆火:在清明节之前的寒食之日,皇帝取柳榆之火以赐百官近臣,是唐代皇宫的一种风俗。

④别浦：大水有小口旁通的地方叫浦，一般也是送别的所在。
⑤津埭：渡口称津，哨所称埭，这里指渡口附近的守望所。

[点评]

　　折柳送别是古人长期保留的一个文化习惯。本词题目
曰"柳"，内容却未写"柳"，只是借"柳"传情达意，充分表现
了词人对一位早年情人的无限思念。全词三阕，是为长调，
分别为回忆当年隋堤送行的情景、眼前又将分别的伤感和渐
行渐远之后对于故地的留恋与相思。词人融情入景，在绮丽
的描写中见其缠绵悲壮之情。但无论是景语、情语，都能委
婉深挚，曲折感人。

春游湖

徐　俯

双飞燕子几时回？夹岸桃花蘸水开。

春雨断桥人不度，小舟撑出柳阴来。

[点评]

　　翩翩而来的一双燕子和夹岸而生的水边桃花，都是最有
典型意义的春天的象征。诗人开口一问，即使全诗风趣生
动，并平添了形象、轻快且喜气洋洋的感觉。次句的"桃花
蘸水"，实际上是"桃花倒映"的翻版，如此一来暗示出春潮

的汹涌,使第三句的"春雨断桥"有据可依。而第四句的"小舟撑出柳阴来","小"中见"大",一下"撑"出了情景交融、春意盎然的新天地。

长相思

雨

万俟咏

一声声,一更更,窗外芭蕉窗外灯。此时无限情。　　梦难成,恨难平,不道愁人不喜听。空阶滴到明。

[点评]

这是一首很能引起读者共鸣的小词。在这里,词人并没有直接表现"雨"的性状或特点,而是通过巧妙的借"声"传情,营造出一种凄清婉伤的氛围:"一声声,一更更,窗外芭蕉窗内灯。"而"此时无限情"一句,则水到渠成地表达出词人真正的心灵之声。言外之意,还有词人心中难耐的叹息之声也随着雨声、更声在不断地传来。果然,下阕紧接"情"字写词人"梦难成,恨难平"。"不道愁人不喜听"是表现这种更声、雨声的残酷:你爱听也好,不爱听也好,反正它们的连续不断正在对词人进行着无情的情感折磨。煞拍的"空阶滴到明"尤其残忍,在为"长相思"点题的同时,也使人感到一种几近窒息的气氛。

忆王孙四首

李重元

萋萋芳草忆王孙。柳外楼高空断魂。杜宇声声不忍闻①。欲黄昏。雨打梨花深闭门。

风蒲猎猎小池塘,过雨荷花满院香。沉李浮瓜冰雪凉②。竹方床,针线慵拈午梦长。

飕飕风冷荻花秋,明月斜侵独倚楼。十二珠帘不上钩。黯凝眸,一点渔灯古渡头。

彤云风扫雪初晴,天外孤鸿三两声。独拥寒衾不忍听。月笼明,窗外梅花瘦影横。

[注释]

①杜宇:传说中古代蜀国国王之名,号望帝。传说他归隐后,让位于其相开明。当时,正值二月子鹃鸟鸣的季节。人们怀念杜宇,就亲切地称呼子鹃为杜鹃。

②沉李浮瓜:古时富贵人家消夏的一种方法,即用冷水将瓜果进行浸泡。

[点评]

李重元的这四首组词,分别名为《春词》《夏词》《秋词》

《冬词》，一脉连贯而形象生动地组成了一个有机的整体。词人撷取春、夏、秋、冬四季的一段特色小景，从不同的角度表现了女主人公独守空闺、凄清无限的寂寞与哀愁。《春词》中"黄昏"之际的"雨打梨花深闭门"，简直欲把所有的春天景色都要关闭在"心门"之外；《夏词》中的"针线慵拈午梦长"，也是一种独享"沉李浮瓜"之后的寂寞与无奈；《秋词》中"十二珠帘不上钩"和"一点渔灯古渡头"所表现的，自然是她镇日珠帘不卷的愁思和对于亲人归来的期盼；《冬词》中的"梅花瘦影"，则映衬出了这位女主人公孤身独处景况下的高洁品格。

病　牛

李　纲

耕犁千亩实千箱，力尽筋疲谁复伤？

但愿众生皆得饱，不辞羸病卧残阳①。

[注释]

①羸(léi)病：瘦弱老病。

[点评]

　　李纲的这首绝句之所以很有名，是因为诗中成功地描写了一个非常特别的艺术形象——病牛。这头一生为他人拉犁耕耘、使他人五谷丰登的老牛（耕犁千亩实千箱），在自己筋疲力尽、年华老去之时，却无人前来给它以心灵上的安慰（力尽筋疲谁复伤）。更令人感慨不已的是，即便这样，它依然是"但愿众生皆得饱，不辞羸病卧残阳"。而这种几乎完全忘我的境界，却是许多人难以真正达到的。李纲的这首诗的意义，正在于为千古读者树立了一个襟抱宽阔的精神典范。

　　本诗运用拟人化的艺术方法，在短短的四句二十八个字中，婉曲而生动地表现了"病牛"从无私奉献到力衰哀怜、从慷慨昂扬到先忧后乐的心路历程。诗人原本的一首咏物之作，最后已成为一首激情高亢的言志之作，刻画出诗人自己超凡的精神境界。不过，从另外的角度来说，这种可贵的"老黄牛"，其精神可嘉却往往生活可怜。究其原因，多数是"只会低头拉车，不会抬头看路"者。奉劝这些"牛"：当你学会"既低头拉车，又抬头看路"之时，你的生活状况或许就会有所改善了。

如梦令

李清照

　　常记溪亭日暮，沉醉不知归路。兴尽晚回舟，误入藕花深处。争渡，争渡，惊起一滩鸥鹭。

[点评]

李清照的这首小令,是她一种人生感受的生动写照。

作品忆写的时间是春夏之交。全词以"常记"二字领起,热烈、欢快地表现了一次乘舟游玩之时"沉醉不知归路"的有趣经历:她和同伴沉醉于旖旎的水上景色,以至于"日暮"之际找不到回家之路了。当"兴尽晚回舟,误入藕花深处"之时,由于慌乱地"争渡,争渡",却又引出一段"惊起一滩鸥鹭"的喜出望外。暮春时节,藕花与湛蓝的湖水、白色的鸥鹭一起,组成一幅色彩鲜明的图画,使全词充溢着一种生动活泼的青春气息。

如梦令

李清照

昨夜雨疏风骤,浓睡不消残酒。试问卷帘人,却道海棠依旧。知否?知否?应是绿肥红瘦。

[点评]

李清照在这首词中,主要运用对话的艺术手法,对比性地表现了海棠花在"昨夜雨疏风骤"之后"应是绿肥红瘦"的特殊感觉。"知否?知否"的重叠,既是与侍女的对话,也是词人带有肯定意义的自我解答,更使作品在情感上极尽波澜曲折之趣、委婉缠绵之情。孟诗与李词二者所表现的皆为暮春景象，但是词中所包蕴的内容、情绪却显得要细腻丰富得多。

观书有感二首

朱　熹

半亩方塘一鉴开，天光云影共徘徊。

问渠那得清如许？为有源头活水来。

昨夜江边春水生，蒙冲巨舰一毛轻。

向来枉费推移力，此日中流自在行。

[点评]

　　这是宋代诗人比较典型的"理趣"之作，第一首通过"为有源头活水来"的结论，解开了许多人"问渠那得清如许"的疑问，使"半亩方塘一鉴开，天光云影共徘徊"的生动形象有了可信、可靠、可贵的基础，并使之有了永不枯竭的源泉。第二首也是通过水来船移的现象，揭示出一个认识自然规律、顺应自然规律、运用自然规律的道理。

　　朱熹这两首著名的绝句，表面看来似乎有些"文不对题"——题目名曰"观书"，内容却与"书"无关。其实，这是诗人通过"观书"而想象到的情景,又通过这些"情景"写出了这两首杰作,而不是真正在看到"半亩方塘"或"蒙冲巨舰"之后才写出来。

秋 夜

朱淑真

夜久无眠秋气清,烛花频剪欲三更。

铺床凉满梧桐月,月在梧桐缺处明。

[点评]

第一、二两句平平地叙写诗人的"夜久无眠""夜半剪烛",第三、四两句的写景比拟则显得十分新巧。"铺床凉满梧桐月"一句,充满了很生活化的亲切感;而"月在梧桐缺处明"一句,则使用顶真、重叠、回环等手法,用梧桐的浓荫把月色衬托得更加明亮,使月色显得摇曳多姿,也使诗人"今夜无眠"的思念之情更加凸显出来。

闲居初夏午睡起二首

杨万里

梅子留酸软齿牙，芭蕉分绿与窗纱。

日长睡起无情思，闲看儿童捉柳花。

松阴一架半弓苔，偶欲看书又懒开。

戏掬清泉洒蕉叶，儿童误认雨声来。

[点评]

此二首绝句，是诗人在闲居苦闷之中自我寻找的一些瞬间趣事，不失为一种调节心态的技巧，趣味盎然中又显得真朴生动，别有韵味。

第一首尾句"闲看儿童捉柳花"极具情调，写出了诗人此时此刻百无聊赖的慵懒之态和超然散淡的生活情调。第二首尾句"儿童误认雨声来"极富稚气，使诗人童心未泯的顽皮形象跃然纸上。

小　池

杨万里

泉眼无声惜细流，树阴照水爱晴柔。

小荷才露尖尖角，早有蜻蜓立上头。

[点评]

　　本诗题曰《小池》，便为全诗奠定了一个"小"的基础。诗人不仅称"泉"为"眼"，惜"流"为"细"，不仅写"小荷"刚刚露出"尖尖角"，而且更将一只"蜻蜓""立"在这"尖尖角"之上——小巧之中，表现出一种精致而温情的境界，表现出一种无与伦比的诗情画意。题"小"而诗却不小，诗人从小情趣中写出了大道理。至于"小荷才露尖尖角，早有蜻蜓立上头"两句，则常常被人用来比喻幼年人才的才华初露，形象而逼真，通俗而生动。

暗 香①

姜 夔

　　旧时月色，算几番照我，梅边吹笛？唤起玉人，不管清寒与攀摘。何逊而今渐老②，都忘却春风词笔。但怪得竹外疏花，香冷入瑶席。　　江国，正寂寂。叹寄与路遥，夜雪初积。翠樽易泣③，红萼无言耿相忆。长记曾携手处，千树压西湖寒碧。又片片吹尽也，几时见得？

[注释]

①暗香：这里是词人为自度新声所取的词牌名，同时写的还有《疏影》一词。

②何逊：南朝梁人，曾在扬州写过《早梅》一诗，是古代有名的咏梅代表作。词人在这里是以何逊自比。

③翠樽：指盛满绿酒的酒杯。

[点评]

　　姜夔当时身在苏州石湖，应友人范成大（又称范石湖）之邀写了这首词。

　　"旧时月色，算几番照我，梅边吹笛？"全词起篇便进入情景回忆,而这种回忆又是词人心中一种出神入化的境界。随即设置的"唤起玉人,不管清寒与攀摘"情节,更是具有情感上的诗情画意。以下从"何逊而今渐老"开始,词人再将思绪梳理到眼前,感慨自己已随着岁月的流逝而年华渐老。正因为如此,他才会面对几枝"竹外疏花"而产生令人难解的"怪"意——"香冷入瑶席"的描写,实是词人怜惜之情、嗔怪之意、感慨之叹等复杂思想的自然流露。过片承上启下,再把思绪引向整个时下正"寂"无生机的江南水国。想起来陆凯寄给范晔"江南无所有,聊赠一枝春"那首诗,词人更是欲语无言,欲哭无泪,不由得再次陷入那种刻骨铭心的回忆之中,不由得想到"曾携手处"的"西湖寒碧"。煞拍再次回应开篇:"又片片吹尽也,几时见得?"原来的"梅边吹笛"之"吹",此时却又将梅花片片"吹尽",可见这"笛声"在词人心中的分量。"几时见得"四字,其实也就是"未曾见得",更使词人的沉痛情绪达到一种至极的程度。

　　这首词从回忆入笔再到回忆结束,时空在词人的笔触之下大开大合,驰骋自如,收放自如。全词除了自己之外没有第二个人物出现,但是"玉人"的形象却给读者留下了极其鲜明的印象。"香冷"二字,既紧扣着梅花本身的特性,又突出了本词的基本特色,更是读者心中最为主要和最为深刻的艺术感觉。

绮罗香

咏春雨

史达祖

做冷欺花,将烟困柳,千里偷催春暮。尽日冥迷,愁里欲飞还住。惊粉重、蝶宿西园,喜泥润、燕归南浦。最妙它、佳约风流,钿车不到杜陵路①。

沉沉江上望极,还被春潮晚急,难寻官渡②。隐约遥峰,和泪谢娘眉妩③。临断岸、新绿生时,是落红、带愁流处。记当日、门掩梨花,剪灯深夜语。

[注释]

①钿车:指用螺钿装饰的马车,通常由妇女乘坐。杜陵路:本为京城长安南郊的一个风景去处,这里用以代指杭州郊区。
②官渡:即由官方设置的江边渡口。
③谢娘:原指东晋谢安的侄女、王凝之的妻子谢道韫,这里代指词人的夫人。

[点评]

"做冷欺花,将烟困柳"的发篇,使史达祖笔下的"春雨"不仅被拟人化地赋予"做冷""将烟"的功能,而且具有着"欺花""困柳"的神通,历来被认为是咏雨的名句。以下对于雨中粉蝶、泥燕的描写，则寄托了词人步履滞重、不能归去的思绪。过片有更进一层的作用，表现词人因为"春潮晚急"而"难寻官渡"的焦躁。无奈之下，只好通过"隐约遥峰"来传递自己"不如归去"的强烈情感。

本词最主要的特点，是借咏"春雨"而抒发对于心系之人的思念。不过，从整个作品来看，作者在词中两处写到的女性，思"前（阕）"想"后（阕）"，一个应是当下不能赶赴"风流佳约"的情人，一个则是曾经共同"夜雨剪烛"的夫人。如果仅仅拘泥于"情人"或者"夫人"的二者选一，有些情节则未必能够说得过去。

四时田园杂兴

（六十首选二）

范成大

梅子金黄杏子肥，麦花雪白菜花稀。

日长篱落无人过，惟有蜻蜓蛱蝶飞。

昼出耘田夜绩麻，村庄儿女各当家。

童孙未解供耕织，也傍桑阴学种瓜。

[点评]

　　这六十首《四时田园杂兴》,乃诗人退隐石湖之后在家闲居时的一组杰作。也正是这些大型组诗,真正地贴近社会底层,贴近农民生活,使范成大获得了"田园诗人"的称号。在这组诗中,诗人从田间稼穑到家庭生活,从童妪老翁到打麦织麻,从村社踏歌到蛱舞蝶飞,几乎囊括了农村生活的方方面面。而且,这些作品通俗流畅,情趣盎然,至今读来仍然具有强烈的生活气息和家常化的亲切感。

　　第五首"昼出耘田夜绩麻"尤其著名。这首描写农村日常生活的绝句,首句的"昼出耘田"是表现男人的劳动,"夜绩麻"是表现妇女的劳动,而次句则恰似对于首句的注释——按部就班的农家生活,自古以来正是这样由男耕女织所组成的。三、四句转写那些童蒙未开的儿孙,从小就开始在桑树阴下学种瓜——天真、有趣的农家儿童,在诗人真实、淳朴的笔下,被描写得生动异常,甚至成为一种艺术的经典形象。

游园不值

叶绍翁

应怜屐齿印苍苔,小扣柴扉久不开。

春色满园关不住,一枝红杏出墙来。

[点评]

　　本诗是一首非常著名的绝句,作品并没有直接写人。"应怜屐齿印苍苔,小扣柴扉久不开。"诗人从"印苍苔"的"屐齿"踪迹中判断园中有人,但是又在"久不开"的"小扣"等待中产生了种种的疑惑:怎么回事儿? 明明有人却为什么不开门? 当诗人对小园进行详细的观察之后,便有了"春色满园关不住,一枝红杏出墙来"的答案,并将小园表象上的画面立刻上升到一个非常意外的精神境界——这位小园的主人,生活在这样一个幽静雅致的环境之中,久不开门一定是不愿别人有所打扰;但是,久不开门也未能掩饰得住他自身对于别人充满诱惑的声望。于是,这便更增加了诗人对小园主人进行拜访的愿望。

摸鱼儿①

元好问

问世间、情为何物？直教生死相许②。天南地北双飞客,老翅几回寒暑？欢乐趣。离别苦。是中更有痴儿女,君应有语。渺万里层云,千山暮雪,只影为谁去？　　横汾路,寂寞当年箫鼓③。荒烟依旧平楚④,招魂楚些何嗟及⑤,山鬼自啼风雨⑥。天也妒,未信与、莺儿燕子俱黄土。千秋万古。为留待骚人,狂歌痛饮,来访雁丘处。

[注释]

①摸鱼儿:词牌名,又名"迈陂塘"。
②直教:竟然能。相许:郑重许诺。
③"横汾路"两句:这里是以往昔汾河一带的繁华反衬如今河边的荒凉败落。箫鼓:即箫与鼓两种乐器。
④平楚:这里指平林远树。
⑤招魂:楚辞篇名,这里指招回魂魄的行为。楚些(suò):楚地方言的语末助词。
⑥山鬼:楚辞篇名,这里指山野之鬼。

[点评]

　　"问世间、情为何物？直教生死相许。"全词开篇一问，如点出一道古往今来的疑难考题，也许能把很多人给"考糊"了。可是，本词上阕首先将双雁进行拟人化处理，把它们想象为"天南地北双飞客"，不仅曾经共享"欢乐趣"、同担"离别苦"，而且更是缠绵多情的"痴儿女"。以下对突然殒伤伴侣的孤雁寄予了深深的同情："渺万里层云，千山暮雪，只影为谁去？"关心怜爱之情溢于言表。下阕为投地自死的殇情之雁进行招魂，却又感叹平楚荒烟、嗟之不及。词人不相信这殇情之雁也会像那些平凡的"莺儿燕子"一样同为黄土，并真诚地希望"千秋万古。为留待骚人，狂歌痛饮，来访雁丘处"——作者伤情、美情、赞情、悲情、悼情、颂情，终于谱就了一曲至真至纯的情殇之歌。

风入松

吴文英

听风听雨过清明，愁草瘗花铭[1]。楼前绿暗分携路，一丝柳、一寸柔情。料峭春寒中酒[2]，交加晓梦啼莺。　　西园日日扫林亭，依旧赏新晴。黄蜂频扑秋千索，有当时、纤手香凝。惆怅双鸳不到，幽阶一夜苔生[3]。

[注释]

①愁草：愁闷地起草。瘗（yì）：埋葬。《瘗花铭》：梁朝庾信所写一篇伤悼落红的铭文。
②中（zhòng）酒：醉酒之意。
③"惆怅"两句：双鸳，即美人之鞋。

[点评]

　　这是一首著名的伤春悼红之作。本词起拍就用两个"听"字制造出风雨交加的气氛，比杜牧笔下的清明尤为凄切。正是在这样的景况之下，作者带着一种伤愁的情绪起草了自己这篇并未命名的词稿——《瘗花铭》。而"料峭春寒中酒，交加晓梦啼莺"两句，与杜牧诗中的"借问酒家何处

有,牧童遥指杏花村"相比,"醉酒"情节的设置也具有某些境界上的相通之处。下阕通过情节忆写天晴之后的清明景色:"黄蜂频扑秋千索,有当时、纤手香凝。"但是,由于煞拍"惆怅双鸳不到,幽阶一夜苔生"的出现,则使本词从"悼自然之红"过渡到"伤伊人之春"。

虽说这是一篇吴版的《瘗花铭》,全词并未直接描写清明之草的状貌或者"瘗花"的过程,但是词中处处透露着"绿暗""柔情""料峭""惆怅"等草的身影与信息。细腻的笔触、淡雅的语言、婉丽的情调、生动的描写,使本词成为一首至情至纯的经典之作。